KB062014

T V 피 플

TV 피플

무라카미 하루키

村上春樹

홍은주 옮김

TVピプル

비채

일러두기

– 이 책은, 단편집 《TV피플》(분게이슌주, 1990)을 번역 저본으로 삼았습니다. 단, <우
리 시대의 포크로어>는 《무라카미 하루키 전작품 1990-2000 ① :단편집1》(고단
샤, 2002)에 수록된 개정 원고를 기준했습니다.
– 원문의 방점은 굵은 글씨로, 원문의 고딕체는 고딕체로 옮겼습니다.
– 본문 내 병기한 모든 주는 옮긴이주입니다.
– 본문 내 인·지명 등 외래어는 국립국어원 외래어표기법을 토대로 삼아 적되, 굳어
진 표현 등은 일부 예외를 두었습니다.

TV피플

1

TV피플이 내 방을 찾아온 것은 일요일 해 질 녘이었다.

계절은 봄이다. 아마 봄일 것이다. 어쨌거나 그다지 덥지
도 않고, 그다지 춥지도 않은 계절이다.

그래도 솔직히 계절은 여기선 별로 중요한 문제가 아니다.
중요한 건 일요일 해 질 녘이었다는 것이다.

나는 일요일 해 질 녘이라는 시간을 좋아하지 않는다. 아
니 뭐랄까, 그에 부수되는 온갖 것 — 요컨대 일요일 해 질
녘 특유의 상황이라는 걸 좋아하지 않는다. 일요일 해 질 녘
이 다가오면 머리가 반드시 욱신거리기 시작한다. 그때그때
정도 차는 있다. 하지만 아무튼 욱신거린다. 양쪽 관자놀이
1센티미터나 1.5센티미터쯤 안쪽에서 부드러운 흰 살덩어

리가 기묘하게 땅긴다. 마치 그 살의 중심에서 보이지 않는 실이 나와 있고, 한참 저쪽에서 누군가가 그 끝을 살며시 잡아당기는 느낌이다. 특별히 아픈 건 아니다. 아플 법도 한데, 신기하게 아프지 않다. 깊이 마취한 부분에 긴 바늘을 쑥 찔러둔 것처럼.

그리고 소리가 들린다. 아니, 소리라기보다 두꺼운 침묵이 어둠 속에서 내는 삐걱거림 비슷하다. 쓰쿠르즈샤아아타루·쓰쿠르즈샤아아아아타루·쓰쓰쓰쓰쓰쓰쿠르즈므므므스, 하고 들린다. 그게 일단 첫 조짐이다. 먼저 욱신거림이 찾아온다. 그리고 그에 호응하듯 시야가 미소하게 어긋나기 시작한다. 뒤섞이는 밀물과 썰물처럼, 예감이 기억을 끌어당기고 기억이 예감을 끌어당긴다. 새 면도날 같은 하얀 달이 허공에 떠오르고, 의문의 뿌리가 어두운 땅속을 기어간다. 사람들은 나 들으란 듯 일부러 큰 소리를 내면서 복도를 걸어간다. 카루스파무쿠·다부·카루스파무쿠·다북쿠·카루스파무쿠·쿠부, 하고 들린다.

그렇기에 TV피플은 일요일 해 질 녘을 노려 내 방을 찾아온 것이다. 마치 우울한 생각이나, 비밀스럽게 소리도 없이 내리는 비처럼, 그들은 시간의 어스름 속에 슬며시 숨어들어온다.

2

　TV피플의 외모를 일단 설명해두자.

　TV피플의 체구는 나나 당신보다 약간 작다. 눈에 띄게 작은 건 아니다. **약간** 작다. 대체로, 그렇다, 20퍼센트나 30퍼센트 정도. 그것도 몸의 각 부위가 전부 균일하게 작다. 그래서 작다기보다 축소됐다고 말하는 편이 오히려 정확한 표현일 테다.

　어쩌면 당신은 TV피플을 어디선가 봐도, 그들이 작다는 사실을 처음에는 알아차리지 못할지 모른다. 하지만 만일 그렇다 해도 아마 그들은 당신에게 무언가 기묘한 인상을 줄 것이다. 마음이 편치 않다고 할까. 어딘지 이상한데, 라고 당신은 생각할 게 틀림없다. 그리고 다시 한 번 새삼 그들을 찬찬히 바라보게 될 것이다. 언뜻 봐서 딱히 부자연스러운 곳은 없지만, 그게 아무래도 외려 부자연스럽다. 요컨대 TV피플은 어린이나 난쟁이가 작은 것과는 전혀 다르다. 우리는 어린이나 난쟁이를 보고 '작다'고 느끼는데, 그 감각적 인식은 많은 경우 그들의 체격 균형이 맞지 않는 데서 비롯한다. 그들은 분명히 작지만, 전부 균일하게 작지는 않다. 손은 작아도 머리가 크거나 한다. 그게 보통이다. 하지만 TV피플은 그와 전혀 다른 식으로 작다. TV피플의 경우는 마치 축소 복사해서 만든 듯 실로 기계적이고 규칙적으로 모조리 작다. 키가 0.7 축척이라면 어깨 폭도 0.7 축척, 발 사이즈도 머리 둘레도 귀 크기도 손가락 길이도 0.7 축척이다. 실물보다 약간 작게 만들어진 정밀한 프라모델처럼.

혹은 그들은 원근법의 모델처럼 보인다고도 말할 수 있다. 바로 앞에 있는데 멀리 있는 듯 보이는 사람. 마치 착시 그림처럼 평면이 어그러지고 물결친다. 닿아야 할 곳에 손이 닿지 않는다. 닿지 않을 물건에 손이 닿는다.

그것이 TV피플.

그것이 TV피플.

그것이 TV피플.

그것이 TV피플.

3

그들은 전부 세 명이었다.

그들은 노크도 하지 않고 초인종도 누르지 않았다. 안녕하세요, 라는 말도 없었다. 그저 슬며시 방으로 들어왔을 뿐이다. 발소리도 내지 않았다. 한 명이 문을 열고, 나머지 두 명이 텔레비전을 안고 있었다. 그다지 크지 않은 텔레비전이었다. 극히 평범한 소니 컬러텔레비전이었다. 현관문은 아마 잠겨 있었다고 생각하지만 확신은 없다. 어쩌면 깜박하고 잠그지 않았는지도 모른다. 나는 그때 현관 열쇠 같은 건 딱히 신경쓰지 않았으니 그 부분은 확신할 수 없다. 아마 잠갔을 거라고 짐작할 뿐이다.

그들이 들어왔을 때 나는 소파에 드러누워 멀거니 천장을 보고 있었다. 집에는 나뿐이었다. 그날 오후, 아내는 여자 친구들과 만나기로 되어 있었다. 고등학교 시절 친했던 동창 몇 명이 모여서 수다를 떨고, 어딘가 레스토랑에 가서 함께 저녁을 먹는다. "당신은 뭐라도 적당히 먹어둘 테야?"라고 아내는 나가기 전에 말했다.

"냉장고에 채소나 냉동식품이 이것저것 들어 있으니까. 그 정도는 혼자 할 수 있잖아? 그리고 해 지기 전에 세탁물만 걷어줘." 알았어, 나는 말했다. 전혀 상관없다. 고작해야 저녁이다. 고작해야 세탁물이다. 사사로운 일이다. 간단히 처리할 수 있다. 사류쓰쓰쓰푸쿠루우우우쓰, 하고.

"뭐라고 했어?" 아내가 물었다.

"아무 말 안 했어." 내가 대답했다.

그래서 나는 혼자 소파에 드러누워 오후를 멍하니 보내고 있었다. 달리 할 일이 없었다. 책을 조금 읽었다 — 가르시아 마르케스의 새 소설. 음악도 조금 들었다. 맥주도 조금 마셨다. 하지만 어느 것에도 마음을 집중할 수 없었다. 침대에 누워 잘까도 생각했다. 하지만 잠에도 신경을 집중할 수 없었다. 그래서 소파에 드러누워 천장을 보고 있었다.

내 경우, 일요일 오후에는 여러 가지가 이런 식으로 조금씩이 되어버린다. 무얼 해도 전부 어중간해지고 만다. 무언가에 잘 몰두할 수 없다. 아침에는 뭐든 할 수 있을 것 같다. 오늘은 이 책을 읽고, 이 레코드를 듣고, 편지에 답장을 써야지 생각한다. 오늘이야말로 책상 서랍을 정리하고, 필요한 물건을 사고, 오랜만에 세차를 해야지 생각한다. 하지만 시곗바늘이 2시를 지나고 3시를 지나, 차츰 해 질 녘이 다가오면서 이것도 저것도 못 하게 된다. 그리고 나는 결국 늘 소파 위에서 어찌할 줄 모르게 된다. 시계 소리가 귓전을 떠나지 않는다. 타룹푸·쿠·샤우스·타룹푸·쿠·샤우스, 하는 소리가 빗방울 떨어지듯이 주위 사물을 조금씩 깎아나간다. 타룹푸·쿠·샤우스·타룹푸·쿠·샤우스. 일요일 오후에는 온갖 것이 조금씩 닳아서 축척이 조금씩 줄어들어 보인다. 마치 TV피플 자체처럼.

4

TV피플은 내 존재는 처음부터 무시했다. 그들은 셋 다, 그곳에 내가 없다는 듯한 표정을 짓고 있었다. 그들은 문을 열고, 텔레비전을 방으로 가지고 들어왔다. 둘이 텔레비전을 사이드보드에 올려놓고, 남은 한 명이 콘센트에 플러그를 꽂았다. 사이드보드 위에는 탁상시계와 잡지가 한 무더기 놓여 있었다. 시계는 친구들이 결혼 선물로 사준 것이었다. 매우 거대하고 무겁다. 마치 시간 자체처럼 거대하고 무겁다. 소리도 우렁차다. 타룹푸·쿠·샤우스·타룹푸·쿠·샤우스, 하고 방에 울린다. TV피플은 그것을 사이드보드에서 바닥으로 내려놓았다. 분명 아내가 화내겠다고 나는 생각했다. 아내는 방 안의 물건이 멋대로 다른 자리에 가 있는 걸 질색한다. 물건이 제자리에 없으면 심기가 몹시 불편해진다. 게다가 시계를 바닥에 내려놓거나 하면 한밤중에 내가 발을 부딪힐 게 뻔하다. 나는 늘 2시가 지나 어김없이 잠에서 깨 화장실에 가는 데다, 무척 비몽사몽이라 금세 무언가에 발이 걸려 부딪히기 일쑤다.

그 뒤 TV피플은 잡지를 테이블 위로 옮겨놓았다. 전부 아내의 잡지였다(나는 잡지는 거의 읽지 않는다. 책밖에 읽지 않는다. 나는 개인적으로 세상의 잡지라는 잡지가 죄다 깨끗이 망해서 없어져버리면 좋겠다고 생각한다). 〈엘르〉나 〈마리끌레르〉나 〈가정화보〉 같은 유의 잡지다. 그런 것이 사이드보드 위에 반듯하게 쌓여 있었다. 아내는 자신의 잡지를 건드리는 것도 좋아하지 않는다. 쌓인 순서가 바뀌어 있거나 하면 꽤 야단이 난다. 그래서 나는 아내의 잡지 근처에도 가지 않는다. 몇 장 넘겨본 적조차 없다. 하지만 TV피플은 그런 건 아랑곳 않고 잡지를 착착 치워버린다. 그들에게는 잡지를 소중하게 취급하려는 기색은 전혀 없다. 그들은 그저 사이드보드 위의 잡지를 다른 데로 옮기고 싶을 뿐이다. 쌓인 잡지의 위아래가 바뀐다. 〈마리끌레르〉가 〈크루아상〉 위로 온다. 〈가정화보〉가 〈앙앙〉 아래가 된다. 그건 잘못이다. 게다가 그들은 아내가 어느 잡지엔가 끼워둔 책갈피를 우수수 바닥에 떨어뜨리고 만다. 책갈피를 끼워둔 곳은 아내에게 중요한 정보가 실린 페이지다. 그것이 어떤 정보이고 얼마나 중요한지, 나는 모른다. 아내의 일과 관련됐는지도 모르고, 어쩌면 개인적인 일인지도 모른다. 어쨌거나 아내에게는 중요한 정보였다. 분명 엄청 뭐라고 할 텐데, 나는 생각했다. 모처럼 친구 만나서 기분좋은 시간을 보내고 들어오면 집안 꼴이 꼭 엉망이라니까, 라든가 뭐라든가. 나는 그 대사를 전부 떠올릴 수 있었다. 이런이런, 나는 생각했다. 그리고 고개도 저었다.

5

어쨌거나 사이드보드 위에는 아무것도 남지 않게 되었다. 그리고 TV피플은 거기에 텔레비전을 내려놓았다. 벽 콘센트에 플러그를 꽂고 스위치를 눌렀다. 지글지글 소리가 나고 화면이 하얗게 변했다. 잠시 기다려봤지만 화상은 나타나지 않았다. 그들은 리모컨으로 채널을 순서대로 바꿔나갔다. 하지만 어느 채널이나 새하얬다. 안테나에 연결하지 않은 탓일 거라고 나는 생각했다. 방 어딘가에 안테나 접속구가 있을 터다. 이 맨션에 입주할 때 텔레비전 안테나 접속에 대해 관리인에게 설명을 들은 것 같다. 여기 이렇게 연결하면 됩니다, 라고. 하지만 그게 어디 있는지는 기억나지 않는다. 우리 집에는 텔레비전이 없으니까 그런 건 까맣게 잊고 말았다.

그러나 TV피플은 아무래도 방송을 수신하는 데는 전혀 흥미 없는 듯했다. 그들은 안테나 접속구를 찾아보는 시늉조차 하지 않았다. 화면이 새하얗건, 화상이 나타나지 않건 개의치 않았다. 스위치를 눌러 전원이 들어오면 그들의 목적은 달성된 모양이었다.

텔레비전은 신품이었다. 상자에 들어 있지는 않지만 완전히 신품이란 건 한눈에 알았다. 취급설명서와 보증서가 비닐 주머니에 담겨 몸체 옆에 셀로판테이프로 붙어 있었다. 전원 코드는 갓 잡은 물고기처럼 매끄럽게 빛났다.

TV피플은 셋이 방 여기저기에서 하얀 텔레비전 화면을 점검하듯이 바라보았다. 한 TV피플이 내 옆으로 오더니 내가 앉은 위치에서 텔레비전 화면이 어떻게 보이는지 확인했다. 텔레비전은 내 쪽을 정면으로 바라보며 자리 잡고 있었다. 거리도 마침맞았다. 그들은 만족한 기색이었다. 이로써 일단 작업 종료라는 분위기였다. TV피플 중 한 명이(내 옆에 와서 화면을 확인한 TV피플이다) 리모컨을 테이블에 내려놓았다.

TV피플은 그사이 한 마디도 하지 않았다. 그들은 정확하게 순서대로 행동하는 것 같았다. 그러니까 딱히 말도 필요 없다. 각자 정해진 자기 직무를 착착 효율적으로 완수했다. 요령이 좋다. 빠릿빠릿하다. 작업에 소요된 시간도 짧았다. 마지막에 한 TV피플이 내내 바닥에 놓여 있던 탁상시계를 집어 들고 적당히 놔둘 곳을 찾는지 한동안 방 안을 두리번 거렸지만, 결국 단념하고 다시 바닥에 내려놓았다. 타룹푸·쿠·샤우스·타룹푸·쿠·샤우스, 하고 그것은 바닥 위에서 의젓하게 시간을 계속 새겼다. 내가 사는 맨션은 상당히 좁은데다, 내 책과 아내가 모으는 자료로 이미 거의 발 디딜 틈 없다. 언젠가 기어코 저 시계에 발이 걸려 넘어지겠군, 하고 나는 한숨을 뱉었다. 틀림없다. 반드시 발이 걸린다. 내기해도 좋다.

TV피플은 셋 다 짙은 파란색 웃옷을 입고 있었다. 잘 모르겠지만 아무튼 반들반들한 느낌의 직물이다. 그리고 청바지에 테니스화를 신고 있었다. 옷도 신발도 축척이 조금씩 작았다. 그들이 움직이는 모습을 한참 보고 있으면 차츰 내 쪽의 축척이 틀린 듯한 기분이 들었다. 마치 도수 높은 안경을 끼고 뒤돌아 앉아 롤러코스터를 타는 느낌이다. 풍경이 일그러지고 앞뒤가 뒤바뀐다. 그때까지 나를 무의식적으로 둘러싸고 있던 세계의 밸런스가 절대적인 것이 아니었음을 깨닫는다. TV피플은 보는 사람을 그런 기분으로 만든다.

TV피플은 결국 마지막까지 한 마디도 하지 않았다. 그들은 셋이서 다시 한 번 텔레비전 화면을 점검하고, 문제없음을 재차 확인한 뒤 리모컨으로 전원을 껐다. 화면의 흰색이 쓱 사라지고 지글지글하는 작은 소리도 잠잠해졌다. 화면은 원래의 무표정한 검회색으로 돌아갔다. 창 바깥은 이미 어두워지기 시작했다. 누군가가 누군가를 부르는 소리가 들렸다. 맨션 복도를 누군가가 천천히 걸어 지나갔다. 여느 때처럼 일부러 큰 소리를 내면서. 카루스파무쿠·다루브·카루스파쿠·디이이쿠 하는 가죽신발 소리가 들렸다. 일요일 해 질 녘이다.

TV피플은 방 안을 한 번 더 점검하듯 빙 둘러보고, 문을 열고 나갔다. 왔을 때와 마찬가지로 그들은 내게 아무런 주의도 기울이지 않았다. 그들은 마치 내가 없는 것처럼 행동했다.

6

TV피플이 방에 들어왔을 때부터 나갈 때까지, 나는 꿈쩍도 하지 않았다. 한 마디도 하지 않았다. 줄곧 소파에 드러누운 채 그들의 작업을 바라보고 있었다. 부자연스럽다고 당신은 말할지도 모른다. 생면부지 인간이, 그것도 셋이나 돌연 집에 들이닥쳐 멋대로 텔레비전을 놓고 갔는데 잠자코 구경만 하다니 좀 이상한 이야기잖아, 하고.

그러나 나는 아무 말 하지 않았다. 일이 돌아가는 걸 그저 가만히 지켜보았다. 짐작건대 그들이 내 존재를 철저히 무시했기 때문이지 싶다. 당신도 내 입장이었다면 아마 똑같이 행동하지 않았을까. 자기변호를 하는 건 아니지만, 눈앞의 타인에게 그렇게 철두철미 존재를 무시당하면 스스로도 자신이 그곳에 있는지 어떤지 차츰 확신할 수 없어진다. 문득 자기 손을 내려다보면 그 건너편이 비쳐 보이는 듯 느껴지기까지 한다. 말하자면 일종의 무력감이다. 고약한 주문呪文이다. 자신의 몸이, 자신의 존재가 점차 투명해진다. 그리고 움직일 수 없어진다. 아무 말도 못 하게 된다. 그리하여 세 명의 TV피플이 내 방에 텔레비전을 놓고 가는 걸 그저 묵묵히 지켜볼 수밖에 없다. 입이 잘 떨어지지 않는다. 자기 목소리를 듣기가 무서워진다.

TV피플이 나가고, 나는 다시 혼자가 된다. 내 존재감이 돌아온다. 내 손은 다시 내 손이 된다. 정신이 들고 보니 황혼은 완전한 어둠 속에 삼켜지고 말았다. 나는 방의 불을 켠다. 그리고 눈을 감는다. 그곳에는 역시 텔레비전이 있다. 시계는 계속 시간을 새긴다. 타룹푸·쿠·샤우스·타룹푸·쿠·샤우스, 하고.

7

매우 신기한 일인데, 아내는 텔레비전이 방에 출현한 일에 대해 아무 언급도 하지 않는다. 철저한 무반응이다. 완전히 제로다. 알아차리지도 못하는 눈치다. 실로 기묘한 일이다. 그도 그럴 것이, 아까도 말했다시피 아내는 가구나 물건의 배치·배열에 매우 신경질적인 여자니까. 자신이 없는 사이에 방 안의 무언가가 아주 조금이라도 이동하거나 변화하면 단박에 알아차린다. 아내에게는 그런 능력이 있다. 그리고 눈썹을 찡그리고 정확히 원래대로 되돌려놓는다. 나와는 다르다. 나는 〈가정화보〉가 〈앙앙〉 밑이 되건, 연필꽂이에 볼펜이 한 자루 섞여 있건, 별로 대수롭지 않게 생각한다. 아마 눈치도 못 챌 것이다. 아내처럼 살았다가는 세상 피곤하겠다 싶다. 그래도 그건 아내의 문제지 내 문제는 아니다. 그래서 딱히 아무 말 하지 않는다. 아내가 좋을 대로 하게 둔다. 나는 대체로 그런 생각을 하는 인간이다. 하지만 아내는 그렇지 않다. 때로 아내는 몹시 화를 낸다. 내 무신경을 견딜 수 없어질 때가 있다고 말한다. 나도 때로 중력이며 원주율이며 $E=mc^2$의 무신경을 견딜 수 없어질 때가 있어, 라고 나는 말한다. 왜냐하면 정말 그러니까. 하지만 내가 그렇게 말하면 아내는 입을 다물어버린다. 아마 개인적인 모욕이라고 느끼는지도 모른다. 하지만 그렇지 않다. 나는 아내를 개인적으로 모욕하려는 생각이 없다. 그저 느낀 대로 말했을 뿐이다.

그날 밤도 아내는 집에 돌아오자 우선 방 안을 빙 둘러보았다. 나는 조리 있게 설명할 말을 준비해두었다. TV피플이 들이닥쳐 이것저것 혼란시키고 말았다고. TV피플에 대해 그녀에게 설명하기란 몹시 어렵다. 믿어주지 않을지도 모른다. 그래도 나는 아내에게 전부 솔직히 설명할 작정이었다.

하지만 아내는 아무 말도 하지 않았다. 그저 방 안을 빙 둘러보았을 뿐이다. 사이드보드 위에는 텔레비전이 있었다. 잡지는 순서가 뒤바뀌어 테이블 위로 옮겨져 있었다. 탁상시계는 바닥에 내려와 있었다. 그런데도 아내는 아무 말 없었다. 그래서 나도 아무것도 설명하지 않았다.

"저녁은 뭐 좀 먹었어?" 아내가 원피스를 벗으면서 내게 물었다.

먹지 않았다고 나는 말했다.

"왜?"

"배가 별로 안 고파서." 내가 말했다.

아내는 원피스를 반쯤 벗다 말고 조금 생각에 잠겼다. 그러고는 잠시 내 얼굴을 지그시 바라보았다. 무슨 말을 할까 말까 망설이는 것처럼. 시계가 묵직한 소리로 침묵을 분할하

고 있었다. 타룹푸·쿠·샤우스·타룹푸·쿠·샤우스. 나는 그
소리를 듣지 않으려 했다. 귀에 넣지 않으려 했다. 하지만 소
리는 속수무책으로 무겁고 거대했다. 싫어도 귀에 들어왔다.
아내도 그 소리에 귀기울이는 듯 보였다. 이윽고 고개를 저
었다. "뭐 간단한 거라도 만들어줘?" 아내가 말했다.

"그러든지." 내가 말했다. 특별히 무언가 먹고 싶은 건 아
니었지만, 뭐라도 있으면 그걸 먹어도 무방하리라 싶었다.

아내는 움직이기 편한 옷으로 갈아입고, 부엌에서 조스이
죽과 비슷한 요리와 달걀말이를 만들면서 친구 만난 이야기를 했
다. 누가 무엇을 하고, 누가 무슨 말을 하고, 누가 헤어스타일
을 바꾸어 예뻐졌고, 누가 사귀던 남자와 헤어졌다 같은 이
야기다. 나도 그들에 대해서는 대충 알고 있다. 나는 맥주를
마시면서 응, 응 하고 맞장구를 쳤다. 하지만 거의 아무것도
듣지 않았다. 나는 줄곧 TV피플을 생각하고 있었다. 그리고
왜 아내가 텔레비전이 출현한 일에 대해 아무 말도 없을까
생각했다. 알아차리지 못했나? 설마, 텔레비전이 갑자기 생
겼는데 알아차리지 못할 리가. 그럼 어째서 아무 말 없을까.
심히 예상 밖이다. 이상하다. 무언가가 잘못됐다. 하지만 그
잘못을 어떻게 바로잡아야 할지 알 수 없다.

조스이가 완성되자 나는 부엌 테이블에 앉아서 먹었다. 달걀말이를 먹고, 우메보시매실 장아찌를 먹었다.

내가 다 먹자 아내는 식기를 치웠다. 나는 또 맥주를 마셨다. 아내도 맥주를 조금 마셨다. 나는 문득 눈을 들어 사이드보드 위를 쳐다보았다. 텔레비전은 아직 거기 있었다. 전원은 들어와 있지 않았다. 테이블 위에 리모컨이 놓여 있었다. 의자에서 일어나 리모컨을 집어 들고 전원 스위치를 눌러보았다. 텔레비전 화면이 하얗게 변하고, 지글지글 소리가 들렸다. 화상은 여전히 아무것도 나타나지 않았다. 그저 하얀 빛이 브라운관에 떠올라 있을 뿐이다. 스위치를 눌러 음량을 높여봤지만 지익 하는 노이즈가 커졌을 뿐이다. 나는 이십 초나 삼십 초쯤 그 빛을 바라보다 스위치를 껐다. 소리와 빛이 한순간에 사라졌다. 아내는 그사이 카펫 위에 앉아 〈엘르〉의 페이지를 팔락팔락 넘기고 있었다. 텔레비전이 켜졌다 꺼진 것에는 아무 관심도 보이지 않았다. 알아차리지도 못하는 눈치였다.

나는 리모컨을 테이블에 놓고 다시 소파에 앉았다. 그리고 가르시아 마르케스의 긴 소설을 계속 읽으려고 생각했다. 나는 저녁을 먹고 나면 늘 책을 읽는다. 삼십 분쯤 읽다 말 때도 있고, 두 시간 읽을 때도 있다. 어쨌거나 매일 읽는다. 하지만 그날은 한 페이지의 절반도 읽지 못했다. 아무리 책에 의식을 집중하려 해도 신경이 바로 텔레비전으로 향했다. 자꾸 텔레비전으로 눈이 가고 만다. 텔레비전 화면은 나를 정면으로 바라보며 자리 잡고 있었다.

8

새벽 2시 반에 잠에서 깼을 때 텔레비전은 아직 거기 있었다. 나는 텔레비전이 사라져버렸기를 기대하며 침대를 나왔다. 하지만 텔레비전은 틀림없이 같은 장소에 있었다. 화장실에 가서 소변을 보고, 소파에 앉아 다리를 테이블 위에 올렸다. 그러고는 리모컨을 눌러 다시 한 번 텔레비전을 켜보았다. 하지만 새로운 일은 일어나지 않았다. 같은 일의 되풀이였다. 하얀 빛, 노이즈. 그 밖에는 아무것도 없다. 한동안 바라보다가 스위치를 눌러 빛과 노이즈를 지웠다.

침대로 돌아가 재차 잠을 청했다. 몹시 졸렸다. 하지만 잠들지 못했다. 눈을 감으면 TV피플의 모습이 떠올랐다. 텔레비전을 운반했던 TV피플, 시계를 치웠던 TV피플, 잡지를 테이블 위로 옮겼던 TV피플, 콘센트에 플러그를 꽂았던 TV피플, 화상을 점검했던 TV피플, 문을 열고 말없이 나갔던 TV피플. 그들은 줄곧 내 머릿속에 있었다. 그들이 내 머릿속을 걸어다녔다. 나는 다시 침대를 나와 부엌으로 가서, 건조대에 있던 커피잔에 브랜디를 더블 분량 따라 마셨다. 그리고 소파에 드러누워 마르케스의 책을 펼쳤다. 하지만 역시 문장이 머릿속에 들어오지 않았다. 뭐라고 적혀 있는지 전혀 알 수 없었다.

별수 없이 가르시아 마르케스를 집어던지고 〈엘르〉를 읽었다. 가끔은 〈엘르〉를 읽어도 상관없을 테다. 하지만 〈엘르〉에는 흥미를 끌 만한 얘기는 아무것도 적혀 있지 않았다. 새로운 헤어스타일이라든가, 고상한 흰색 실크 블라우스라든가, 맛있는 비프스튜를 먹을 수 있는 가게라든가, 오페라에는 무슨 옷을 입고 가면 좋다든가, 그런 것밖에 적혀 있지 않았다. 나는 그런 것에는 전혀 흥미가 없었다. 그래서 〈엘르〉도 집어던졌다. 그리고 다시 사이드보드 위의 텔레비전을 바라보았다.

결국 아무것도 하지 않고 아침까지 말짱히 깨어 있었다.

6시에 주전자에 물을 끓여 커피를 만들어 마셨다. 할 일이 하나도 없어서, 아내가 일어나기 전에 햄 샌드위치를 만들어 두었다.

"엄청 일찍 일어났네." 아내는 졸린 얼굴로 말했다.

"응." 내가 말했다.

우리는 별말 없이 식사를 마치고 나란히 집을 나와, 제각기 회사에 갔다. 아내는 작은 출판사에 근무한다. 자연식 전문지를 편집한다. 표고버섯 요리가 통풍 예방에 좋다든가, 유기농법의 장래라든가, 그런 상당히 전문적 내용을 다루는 잡지다. 판매 부수는 대단치 않지만, 제작비가 거의 들지 않거니와 종교적이라 해도 좋을 열성 고정 독자 덕에 생계가 곤란해질 걱정은 절대 없다. 나는 전자회사 홍보부에서 일한다. 토스터나 세탁기나 전자레인지 광고를 만든다.

9

출근 도중, 회사 계단에서 TV피플 한 명과 스쳐지났다. 전날 집에 텔레비전을 가져왔던 TV피플 중 한 명이지 싶다. 아마 맨 처음 문을 열고 방으로 들어왔던 자다. 텔레비전을 짊어지고 있지 않았던 자. 그들은 얼굴에 특징이라 할 만한 게 없어서 한 사람 한 사람 구분하기가 무척 어렵고, 그래서 확실하다고 자신할 순 없지만, 십중팔구 틀림없을 것이다. 그는 전날과 같은 파란색 웃옷을 입고 있었다. 손에는 아무것도 들고 있지 않았다. 그저 걸어서 계단을 내려왔을 뿐이다. 나는 계단을 오르고 있었다. 나는 엘리베이터 타는 걸 싫어한다. 그래서 언제나 걸어서 계단을 오르내린다. 사무실은 빌딩 9층에 있으니 편한 작업이 아니다. 특히 급한 용건이라도 있을 때는 땀에 푹 젖어버린다. 그래도 나로서는 엘리베이터를 타느니 땀에 젖는 편이 훨씬 낫다. 그 일로 모두 농담을 한다. 내가 텔레비전도 비디오도 가지고 있지 않고 엘리베이터도 이용하지 않는 탓에 그들은 나를 별종 취급한다. 어쩌면 내가 어떤 의미에서 아직 미성숙 단계에 있다고 생각하는 모양이다. 기묘한 사고방식이다. 그들이 왜 그런 식으로 생각하는지 나는 잘 모르겠다.

하지만 어쨌거나 그때도 나는 평소처럼 걸어서 계단을 오르고 있었다. 계단을 걷는 이는 나뿐이었다. 계단을 이용하는 인간은 거의 없다. 4층과 5층 사이 계단에서 한 TV피플과 스쳐지났다. 워낙 갑작스러운 일이라 나는 어찌해야 할지 알수 없었다. 말을 걸어볼까도 생각했다.

하지만 결국 아무 말 하지 않았다. 할 말도 얼른 떠오르지 않았거니와 TV피플에게는 말을 붙이기 힘든 분위기가 있었다. 그는 매우 기능적으로 계단을 걸어 내려갔다. 일정한 템포로, 규칙적이고 정밀하게 걸음을 옮겼다. 그리고 전날과 마찬가지로 내 존재를 완전히 무시했다. 나는 눈에 들어오지도 않는 듯했다. 나는 어찌할 바 모르는 채 그와 스쳐지났다. 스쳐지날 때, 한순간 주위의 중력이 훅 흔들린 듯 느껴졌다.

그날, 회사에서는 아침부터 회의가 있었다. 신상품 판매 전략에 대한 상당히 중요한 회의였다. 사원 몇 명이 보고서를 읽었다. 칠판에 숫자가 늘어서고, 컴퓨터 화면에 그래프가 떴다. 열성적인 토의가 있었다. 나도 토론에 참가했지만, 그 회의에서 내 입장은 그다지 중요하진 않았다. 내가 직접 관여하는 프로젝트가 아니기 때문이다. 그래서 회의 내내 딴생각을 했다. 그래도 딱 한 번 의견을 발표했다. 대단한 발언은 아니다. 옵서버로서 극히 상식적인 의견이다. 아무려면 완전히 입을 닫고 있을 순 없다. 나는 특별히 일에 대해 의욕적인 인간은 아니지만, 이 회사에서 월급을 받는 이상 그 나름의 책임이 있다. 나는 그때까지 나온 의견을 대충 취합해 정리하고, 그 자리의 분위기를 풀어줄 가벼운 농담까지 덧붙였다. 아마도 줄곧 TV피플을 생각했던지라 뒤가 켕겼던 탓일 테다. 몇 명이 웃었다. 하지만 한 번 발언한 뒤에는 자료를 훑어보는 척하면서 다시 TV피플 생각에 빠져 있었다. 새 전자레인지에 어떤 이름이 붙건 알 바 아니었다. 내 머릿속에는 TV피플밖에 없었다. 나는 줄곧 그들을 생각했다. 그 텔레비전에는 대체 무슨 의미가 있을까. 왜 TV피플이 일부러 내 방에 텔레비전을 가져왔을까. 왜 아내는 텔레비전의 출현에 대해 아무 말 없었을까. 왜 TV피플이 이 회사에까지 들어와 있을까.

회의는 도무지 끝나지 않았다. 12시에 점심을 먹기 위한 짧은 휴식 시간이 주어졌다. 밖으로 먹으러 갈 여유는 없었으므로 샌드위치와 커피가 모두에게 나누어졌다. 회의실은 담배 냄새가 나서 나는 내 책상으로 가져가서 먹었다. 먹는 도중에 과장이 내 자리로 찾아왔다. 솔직히 나는 이 남자를 썩 좋아하지 않았다. 어째서 좋아지지 않는지 정확한 이유는 나도 모른다. 이렇다 하게 반발해야 할 부분은 없다. 아마 좋은 가정환경에서 잘 자란 사람이지 싶다. 머리도 나쁘지 않다. 넥타이 취향도 괜찮다. 그렇다고 그걸 뽐내는 것도 아니고, 아랫사람에게 고압적으로 굴지도 않는다. 나를 챙겨주기까지 했다. 밥 한번 먹자고 이따금 먼저 말을 건네기도 했다. 그래도 나는 이 남자에게 아무래도 정이 붙지 않았다. 아마 그가 이야기하면서 상대방을 너무 무람없이 만지는 탓이라고 생각한다. 남자건 여자건, 대화 도중 상대의 몸에 손을 슥 갖다댄다. 그렇다 해도 딱히 불쾌한 느낌은 없다. 무척 스마트하고 꾸밈없이 건드린다. 건드린 걸 알아차리지 못하는 인간이 대부분이지 싶다. 그만큼 자연스럽다. 하지만 왠지 나는 그게 무척 신경쓰인다. 그래서 그가 시야에 들어오면 저절로 자세를 가다듬고 만다. 사소하다면 사소한 일이다. 하지만 어쨌거나 나는 신경쓰인다.

그는 몸을 조금 수그리고 내 어깨에 손을 얹었다. "아까 회의에서 자네 발언 말인데, 훌륭하더군" 하고 과장은 친밀하게 말한다. "아주 간결하고 설득력 있었어. 나도 감탄했어. 좋은 지적이야. 자네 발언으로 공기가 팽팽해졌잖아. 타이밍도 괜찮았고. 응, 앞으로도 열심히 해줘."

그 말만 하고 그는 재빨리 어디론가 가버렸다. 아마 점심 먹으러 갔을 것이다. 나는 그 자리에서는 순순히 고맙다고 말했지만, 솔직히 몹시 당황하고 말았다. 그도 그럴 게 내가 회의 때 무슨 말을 했는지 전혀 기억하지 못했기 때문이다. 계속 입을 닫고 있기 난처하니까 적당히 생각나는 대로 말했을 뿐이다. 어째서 그만한 일로 과장이 굳이 내 자리까지 찾아와 칭찬해야 하는 걸까? 더 훌륭한 발언을 한 인간이 나 말고 얼마든지 있다. 뭔가 이상하다. 나는 영문을 잘 모르는 채 점심을 마저 먹었다. 그리고 문득 아내를 떠올렸다. 아내는 지금 무얼 하고 있을까 생각했다. 밖으로 점심 먹으러 나갔을까? 큰맘 먹고 아내 회사에 전화해볼까 생각했다. 그리고 무슨 말이든 두세 마디 나눠보고 싶었다. 심지어 첫 세 자릿수 번호를 돌리기까지 했다. 하지만 생각을 고치고 도중에 그만두었다. 일부러 전화할 용건이라고는 아무것도 없다. 세계의 밸런스가 약간 틀어지려는 것처럼도 느껴진다. 하지만 그렇다고 점심시간에 아내 회사에 전화해서, 그에 대해 대체 무슨 말을 할까? 게다가 아내는 직장으로 전화를 걸어오는 걸 썩 좋아하지 않는다. 나는 수화기를 내려놓고 한숨을 뱉은 뒤, 커피를 마저 마셨다. 그리고 플라스틱 컵을 휴지통에 던졌다.

　오후 회의 때 또 TV피플을 보았다. 이번에는 두 명으로 늘어나 있었다. 그들은 어제와 마찬가지로 소니 컬러텔레비전을 짊어지고 회의실을 가로질러 갔다. 하지만 텔레비전 사이즈는 어제보다 더 컸다. 곤란한걸, 나는 생각했다. 소니는 우리 회사의 경쟁사다. 어떤 이유건 그런 상품을 회사 내에 반입하면 큰일 난다. 상품 비교를 위해 타사 제품을 부서로 가져오는 일이 없진 않지만, 그때도 회사 마크는 떼어낸다. 외부 눈에 닿으면 약간 난처해지기 때문이다. 하지만 그들은 그런 건 아랑곳 않고 SONY 마크를 당당히 드러내고 있었다. 그들은 문을 열고 회의실로 들어왔다. 그리고 방을 한 바퀴 돌았다. 주위를 둘러보면서 텔레비전 놓을 장소를 물색하는 듯했는데, 결국 적당한 장소는 찾아내지 못했다. 그래서 텔레비전을 짊어진 채 뒷문으로 나갔다. 하지만 방에 있던 사람들은 아무도 TV피플에게 반응을 보이지 않았다. 그들이 TV피플을 보지 못한 건 아니다. TV피플은 그들에게도 보였다. TV피플이 텔레비전을 짊어지고 들어오자, 가까이 있던 직원이 비켜서서 길을 터준 것이 그 증거다. 하지만 그 이상의 반응은 드러내지 않았다. 그들의 태도는 근처 찻집 종업원이 커피 배달을 왔을 때와 똑같았다. 원칙적으로 TV피플이 거기 없는 걸로 취급한다. 있다는 건 안다. 그러나 없다는 듯이 대응한다.

그로써 나는 뭐가 뭔지 알 수 없어지고 말았다. 다른 이들은 모두 TV피플을 알고 있을까? 오직 나만 TV피플에 대한 정보에서 소외된 걸까? 어쩌면 아내도 TV피플을 이미 알고 있었는지 모른다. 아마 그럴 테다. 그렇기에 아내는 방 안에 텔레비전이 출현해도 놀라지도 않았고, 일언반구 없었다. 그것 말고는 설명할 길이 없지 않은가. 머릿속이 혼란스러웠다. TV피플은 대체 무엇일까. 그리고 그들은 어째서 늘 텔레비전을 운반할까.

한 동료가 화장실에 가려고 자리를 뜰 때 나도 일어나 뒤따라갔다. 이 남자와는 입사 동기이고 비교적 친하다. 이따금 퇴근길에 둘이 같이 한잔하러 갈 때도 있다. 나는 누구하고나 그러진 않는다. 우리는 나란히 서서 소변을 보았다. 이런이런, 아무래도 저녁때까지 가겠는데, 대체 언제까지 회의만 할 건지, 그는 지겨운 투로 말했다. 나도 그 말에 동의했다. 그리고 둘이 손을 씻었다. 그도 오전 회의 때 내가 한 발언을 칭찬해주었다. 나는 고맙다고 말했다.

"그나저나 아까 텔레비전 가지고 들어온 사람들 말인데⋯⋯." 나는 별것 아닌 양 운을 떼어보았다.

그는 아무 말도 하지 않았다. 수도꼭지를 꽉 잠그고 종이 타월 두 장을 홀더에서 뽑아내 손을 닦았다. 내 쪽은 흘끗도 쳐다보지 않았다. 시간을 들여 손을 닦고 타월을 동그랗게 뭉쳐 휴지통에 버렸다. 어쩌면 내 말을 못 들었는지도 모른다. 혹은 들었지만 못 들은 척했는지도 모른다. 어느 쪽인지는 알 수 없다. 하지만 보아하니 그 이상은 아무것도 묻지 않는 편이 좋을 성싶었다. 그래서 나도 잠자코 종이 타월로 손을 닦았다. 공기가 몹시 팽팽하게 느껴졌다. 우리는 침묵한 채 복도를 걸어 회의실로 돌아왔다. 그 뒤 회의 내내 그가 내 시선을 계속 피하는 느낌이 들었다.

11

내가 회사에서 돌아왔을 때 방 안은 캄캄했다. 밖에서는 비가 내리기 시작했다. 베란다 창문 너머로 낮게 깔린 칙칙

한 구름이 보였다. 방 안에서 비 냄새가 났다. 해도 지기 시작했다. 아내는 아직 돌아오지 않았다. 나는 넥타이를 풀어 주름을 펴서 넥타이걸이에 걸었다. 슈트의 먼지를 브러시로 떨었다. 셔츠는 세탁물 바구니에 던져두었다. 머리카락에 담배 냄새가 배어서 욕실에서 머리를 감았다. 늘 그렇다. 회의가 길어지면 몸에 담배 냄새가 밴다. 아내는 그 냄새를 질색한다. 결혼하고 아내가 제일 먼저 한 일은 내가 담배를 끊게하는 것이었다. 사 년 전 얘기다.

　샤워하고 소파에 앉아, 수건으로 머리를 닦으면서 캔맥주를 마셨다. TV피플이 가져온 텔레비전은 여전히 사이드보드 위에 있었다. 테이블 위의 리모컨을 집어 들어 텔레비전을 켜보았다. 하지만 버튼을 몇 번 눌러도 전원이 들어오지 않았다. 아무 반응도 없었다. 화면은 꿈쩍없이 어두운 채였다. 전원 코드를 확인해보았다. 플러그는 틀림없이 콘센트에 꽂혀 있었다. 플러그를 뽑았다가 다시 한 번 잘 꽂아보았다. 하지만 똑같았다. 리모컨 스위치를 아무리 눌러도 화면은 하얘지지 않았다. 혹시나 해서 리모컨 뒷면 덮개를 열어 건전지를 꺼내, 간이 테스터로 체크해보았다. 건전지는 새것이었다. 나는 단념하고 리모컨을 던져놓고, 맥주를 목 안쪽으로 흘려넣었다.

왜 그런 일이 신경쓰일까. 신기했다. 텔레비전이 켜진다 한들 그래서 어쨌다는 말인가. 하얀 빛이 떠오르고 지익 하는 노이즈가 들릴 뿐인데. 그런 것이 커지거나 말거나 신경 쓸 게 뭐람.

하지만 신경쓰였다. 어젯밤에는 제대로 나왔다. 그 뒤 손가락 하나 스치지 않았다. 말이 되지 않는다.

다시 한 번 리모컨을 집어 들고 시험해보았다. 천천히 손가락에 힘을 주면서. 하지만 결과는 마찬가지였다. 아무 반응도 없다. 화면은 완전히 죽어버렸다. 차디차다.

차디차다.

캔맥주를 하나 더 냉장고에서 꺼내 뚜껑을 따서 마셨다. 플라스틱 용기에 든 감자 샐러드를 먹었다. 시간은 6시를 지나 있었다. 소파에서 석간을 대충 읽었다. 여느 때보다 더 따분한 신문이었다. 읽어야 할 기사라고는 거의 없었다. 아무래도 그만인 뉴스뿐이었다. 하지만 딱히 해야 할 일도 떠오르지 않아서 꽤 한참 동안 지긋하게 신문을 읽었다. 신문을 다 읽으면 무언가 다른 일을 해야 한다. 그 생각을 회피하려고 천천히 시간을 끌며 신문을 계속 읽었다. 그렇군, 편지에 답장을 쓰는 건 어떨까? 사촌에게서 결혼식 청첩장이 와 있다. 참석하지 못한다는 답장을 써야 한다. 그 결혼식 날 나와 아내는 둘이 여행 가기로 되어 있다. 오키나와에 간다. 한참 전부터 예정됐던 일이다. 그러려고 둘이 휴가 날짜를 맞췄다. 이제 와서 변경할 순 없다. 그랬다가는 다음에 언제 또 나란히 긴 휴가를 낼 수 있을지 하늘만 아실 테니까. 게다가 그 사촌과 특별히 친한 건 아니다. 벌써 이럭저럭 십 년쯤 얼굴도 못 봤다. 어쨌거나 답을 빨리 써야 할 것이다. 식장을 예약하는 사정도 있을 테고. 하지만 틀렸다. 지금은 편지 같은 건 쓸 수 없다. 도무지 그런 기분이 되지 않는다.

다시 신문을 집어 들고, 같은 기사를 두 번 읽었다. 그런 다음 문득 저녁 준비를 할까도 생각했다. 하지만 아내는 일 관계로 저녁을 먹고 들어올지도 모른다. 그러면 만들어봤자 낭비다. 나 혼자 먹을 거면 있는 걸로 때우면 된다. 일부러 만들 일은 없다. 만일 아내가 아무것도 먹지 않았다면 둘이 나가서 먹으면 된다.

좀 이상하다고 나는 생각했다. 우리는 귀가가 6시를 넘길 성싶으면 반드시 미리 연락한다. 그것이 규칙이다. 자동응답기에 메시지만이라도 남겨둔다. 그러면 상대는 그에 맞춰 행동할 수 있다. 혼자 저녁을 먹어버리든가, 상대 몫까지 만들어둔다든가, 혹은 먼저 잠자리에 든다든가. 나는 일의 성격상 아무래도 밤늦게 끝날 때가 있고, 아내도 미팅이나 교정 작업으로 야근할 때도 있다. 어느 쪽이나 아침 9시에 시작해 저녁 5시에 칼같이 끝나는 타입의 일이 아니다. 둘 다 바쁠 때는 사흘쯤 변변히 말도 나누지 않는다. 별수 없다. 왠지 그렇게 되어버린다. 그래서 늘 서로 현실적인 폐를 끼치지 않도록 규칙만은 꼭 지키려고 한다. 늦어질 것 같으면 전화로 상대에게 알려준다. 나는 이따금 깜박하는 일이 있어도 아내는 그런 적이 한 번도 없다.

하지만 자동응답기에는 아무 메시지도 남아 있지 않았다.

나는 신문을 던져놓고 소파에 드러누워 눈을 감았다.

12

회의하는 꿈을 꿨다. 나는 일어서서 발언하고 있다. 무슨 말을 하는지 스스로도 이해할 수 없다. 그저 말하고 있을 뿐이다. 그런데 말을 멈추면 나는 죽고 만다. 그래서 중단할 수 없다. 뜻도 모르는 이야기를 영원히 계속하는 수밖에 없다. 주위 인간은 이미 모두 죽고 말았다. 죽어서 돌이 되었다. 딱딱한 석상이 되었다. 바람이 분다. 유리창이 전부 깨져서 바람이 들어온다. 그리고 TV피플이 있다. 그들은 세 명으로 늘었다. 처음과 마찬가지로, 그들은 역시 소니 컬러텔레비전을 운반하고 있다. 텔레비전 화면에는 TV피플이 비친다. 나는 말을 잃어간다. 그러자 손끝이 조금씩 굳어가는 것이 느껴진다. 나는 차츰 돌로 변하려 한다.

잠에서 깨자 방 안이 희끄무레했다. 마치 수족관 복도 같은 빛깔이었다. 텔레비전이 켜 있다. 일대는 완전히 어두워졌고, 그 어둠 속에서 텔레비전 화면이 작게 지직거리며 빛났다. 나는 소파에서 몸을 일으키고 손끝으로 관자놀이를 눌렀다. 손가락은 아직 분명히 부드러운 살이었다. 입안에 자기 전에 마신 맥주 맛이 남아 있었다. 나는 침을 삼켰다. 목 안쪽이 바싹 말라서 삼키는 데 시간이 걸렸다. 리얼한 꿈을 꾸고 나면 늘 예외 없이 그랬지만, 잠보다는 깨어 있는 쪽이 비非리얼로 느껴졌다. 하지만 그렇지 않다. 이것이 현실이다. 아무도 돌이 되거나 하지 않았다. 몇 시일까, 나는 여전

히 바닥에 놓인 시계를 보았다. 타룹푸 · 쿠 · 샤우스 · 타룹쿠 ·
쿠 · 샤우스. 8시 조금 전이었다.

하지만 꿈과 똑같이 텔레비전 화면에 TV피플 한 사람이
비친다. 회사 계단에서 스쳐지났던 TV피플이었다. 분명 그
남자다. 제일 먼저 문을 열고 방으로 들어왔던 남자. 백 퍼센
트 틀림없다. 그는 형광등 불빛 같은 하얀 빛을 배경으로 가
만히 서서 내 얼굴을 보고 있었다. 그것은 현실에 숨어든 꿈
의 꼬리 같았다. 눈을 감았다 뜨면 훌쩍 사라져버릴 듯 느껴
졌다. 하지만 사라지지 않았다. 화면 속 TV피플의 모습은 외
려 차츰 커졌다. 화면에 그의 얼굴이 가득 찼다. 멀리서부터
서서히 다가오는 느낌으로 TV피플의 얼굴이 차츰 클로즈업
되었다.

이윽고 TV피플은 텔레비전 밖으로 나왔다. 마치 창문을
넘듯 손으로 테두리를 짚고 영차 하고 발을 내딛고 나왔다.
그가 나온 뒤 화면에는 하얗게 빛나는 배경만 남았다.

그는 한동안 텔레비전 바깥 세계에 몸을 길들이는 것처럼
오른손 손가락으로 왼손을 문질렀다. 축척이 작은 오른손이
축척이 작은 왼손을 한참 동안 문질렀다. 그는 전혀 서두르
지 않았다. 시간은 얼마든지 있다는 양 지극히 여유로운 기

색이었다. 텔레비전 프로그램의 노련한 진행자 같았다. 이윽고 그가 내 얼굴을 보았다.

"우린 비행기를 만들고 있어." TV피플이 말했다. 원근감 없는 목소리였다. 얄팍해서 마치 종이에 적힌 소리 같았다.

그 말이 떨어지자 텔레비전 화면에 검은 기계가 나타났다. 진짜 뉴스 쇼 같다. 우선 넓은 공장 같은 공간이 비치고, 다음엔 한가운데 있는 작업장이 크게 잡혔다. 두 TV피플이 그 기계를 만지고 있었다. 스패너로 볼트를 조이거나 기구를 조정하거나 했다. 그들은 그 작업에 신경을 집중하고 있었다. 신기한 기계였다. 원통형으로 위쪽이 가늘고 길쭉했으며, 표면 여기저기에 유선형 돌기가 도드라져 있었다. 비행기라기보다 거대한 오렌지 착즙기처럼 보였다. 날개도 없을뿐더러 좌석도 없었다.

"도무지 비행기로 보이지는 않는데." 내가 말했다. 목소리가 내 목소리 같지 않았다. 무척 이상한 목소리다. 두툼한 필터로 양분을 모조리 빨아들이고 난 목소리다. 내가 몹시 나이 들어버린 기분이 든다.

"그건 아직 색을 입히지 않아서 아닐까." TV피플이 말했다. "내일 정식으로 색칠할 거야. 그럼 비행기라는 걸 확실히 알걸."

"색깔 문제가 아니야. 모양이 문제지. 저건 비행기가 아니야."

"비행기가 아니면, 이게 뭔데?" TV피플이 내게 물었다. 나는 알 수 없었다. 그렇다면 이건 대체 무엇일까?

"그러니까 색깔 탓이래도." TV피플은 상냥한 목소리로 말했다. "색을 입히면 번듯한 비행기가 돼."

나는 그 이상 토론하기를 단념했다. 아무래도 좋잖아, 나는 생각했다. 오렌지를 짤 수 있는 비행기건 하늘을 날 수 있는 오렌지 착즙기건, 뭐 어때서. 어느 쪽이건 알 게 뭐람. 아내는 왜 돌아오지 않을까. 나는 손끝으로 다시 한 번 관자놀이를 눌렀다. 시계 소리가 계속 울렸다. 타룹푸·쿠·샤우스·타룹푸·쿠·샤우스. 테이블 위에 리모컨이 놓여 있었다. 그 옆에 잡지가 쌓여 있었다. 전화는 아직 침묵을 지킨다. 방은 텔레비전이 내뿜는 어슴푸레한 빛에 잠겨 있다.

텔레비전 화면에서는 두 TV피플이 열심히 작업을 계속한다. 화상이 아까보다 한결 선명하다. 기계의 기구에 적힌 숫자까지 지금은 확실히 읽을 수 있다. 희미하나마 소리도 들린다. 기계가 타아부주라야이후그·타아부주라야이후그·아룹푸·아룹푸·타아부주라야아이후그, 하고 신음을 낸다. 때로 금속이 금속을 때리는 규칙적이고 메마른 소리가 들린다. 아리이이인부쓰·아리이이인부쓰. 그 밖에도 여러 소리가 섞여 있다. 하지만 그 이상은 명확히 알아들을 수 없다. 어쨌거나 두 TV피플은 화면 속에서 부지런히 일한다. 그것이 이 화상의 테마다. 나는 한동안 둘의 작업을 지그시 바라본다. 화면 밖 TV피플도 잠자코 화면 속 동료의 모습을 지켜본다. 무언지 모를 — 아무리 봐도 내 눈에는 비행기로 보이지는 않는다 — 새까만 기계가 하얀 빛 속에 떠올라 있다.

"부인은 안 돌아와." 화면 밖 TV피플이 내게 말했다.

나는 그의 얼굴을 쳐다보았다. 그가 무슨 말을 하는지 잘 알아들을 수 없었다. 나는 새하얀 브라운관을 들여다보듯 그의 얼굴을 가만히 건너다보았다.

"부인은 이제 안 돌아와." TV피플은 같은 말투로 말했다.

"어째서?" 내가 물었다.

"어째서라니, 이미 틀렸으니까지." TV피플이 말했다. 호텔에서 쓰는 플라스틱 카드 키 같은 목소리였다. 평면적이고 억양 없는 목소리가, 가느다란 슬릿에서 칼날처럼 슥 들어온다. "이미 틀렸으니까 안 돌아와."

이미 틀렸으니까 안 돌아와, 라고 나는 머릿속에서 되풀이했다. 매우 평평하고 리얼리티가 없다. 문맥을 잘 이해할 수 없었다. 원인이 결과의 꼬리를 물고 삼키려 했다. 나는 일어나서 부엌으로 갔다. 그리고 냉장고를 열고, 심호흡을 하고, 캔맥주를 꺼내 소파로 돌아왔다. TV피플은 텔레비전 앞에 선 채 내가 캔 고리 따는 것을 잠자코 바라보았다. 그는 오른쪽 팔꿈치를 텔레비전 위에 올리고 있었다. 나는 딱히 맥주를 마시고 싶은 건 아니었다. 그저 뭐라도 하지 않으면 따분하니까 맥주를 가져왔을 뿐이었다. 한 모금 마셔봤지만 맛이고 뭐고 없었다. 나는 캔을 계속 손에 들고 있다가, 무거워져서 테이블 위에 내려놓았다.

그러고는 아내가 이제 돌아오지 않는다는 TV피플의 성명聲明에 대해 생각해보았다. 그는 우리가 이미 틀려버렸다고 말한다. 그게 그녀가 돌아오지 않는 이유라고 말한다. 하지만 나는 우리 관계가 틀려버렸다고는 아무래도 생각되지 않았다. 물론 우리는 완전한 부부는 아니었다. 사 년 동안 몇 번이나 말다툼했다. 아닌 게 아니라 우리 사이에는 몇 가지 문제가 있었다. 우리는 그에 대해 때로 대화를 나누었다. 해결한 일도 있었고, 해결되지 않은 일도 있었다. 해결되지 않은 일의 대다수는 그대로 방치되어 적절한 시간이 흘러가기를 기다리고 있었다. 오케이, 우리는 문제 있는 부부였다. 인정한다. 하지만 그렇다고 우리가 틀려버렸다는 얘기는 되지 않을 테다. 안 그런가. 문제없는 부부가 어디 있을까? 게다가 지금은 겨우 8시가 지났을 뿐이다. 아내는 무슨 사정이 있어 도저히 전화를 걸지 못했을 뿐이다. 그런 사정이라면 얼마든지 있다. 이를테면…… 하지만 나는 하나도 떠올릴 수 없었다. 나는 지독한 혼미 속에 있다.

나는 소파에 몸을 깊이 묻었다.

저 비행기는 — 만일 비행기라고 치면 — 대체 어떻게 난다는 것인지 궁금했다. 추진력은 무엇일까? 창은 어디에 있고? 애당초 어디가 앞이고 어디가 뒤일까?

나는 몹시 피곤했다. 알맹이가 무척 빈약하다. 사촌에게 못 간다는 답장을 써야 하는데. 일 때문에 아무래도 출석은 힘들겠어. 유감이야. 결혼 축하해, 라고.

텔레비전 속 두 TV피플은 나와는 무관하게 부지런히 비행기를 만들고 있었다. 그들은 한시도 일손을 멈추지 않았다. 그 기계를 완성시킬 때까지 해야 할 작업은 무한히 있는 듯했다. 한 작업이 끝나면 지체 없이 바로 다음 작업이 시작됐다. 번듯한 공정표나 도면이 있는 것도 아니었지만 자신들이 무얼 해야 하는지, 다음 작업이 무엇인지 숙지하고 있었다. 카메라는 그들의 그런 훌륭한 작업을 지극히 효율적으로 따라갔다. 알기 쉽고 적확한 카메라워크였다. 설득력 있는 화면이었다. 아마도 다른(제4인지 제5의) TV피플이 카메라와 컨트롤 패널 작업을 담당하고 있을 테다.

신기한 얘기지만, TV피플의 완벽하다고 해도 좋을 작업을 지그시 보는 사이 내 눈에도 그것이 조금씩 비행기로 보이기 시작했다. 적어도 비행기라 해도 이상하지 않다는 기분이 들었다. 어디가 앞이고 어디가 뒤인지, 그런 건 상관없지 않은가. 저렇게 멋지게 정밀 작업을 하고 있으니 비행기임이 분명하다. 설령 그렇게 보이지 않아도 그들에게는 비행기다. 확실히 이 남자가 말한 대로다.

비행기가 아니면, 이게 뭔데?

텔레비전 밖 TV피플은 아까부터 조금도 자세를 무너뜨리지 않았다. 그는 오른쪽 팔꿈치를 텔레비전에 올리고 나를 보고 있었다. 나는 보여지고 있었다. 텔레비전 속 TV피플은 일을 계속했다. 시계 소리가 들렸다. **타룹푸·쿠·샤우스·타룹푸·쿠·샤우스.** 방은 어둡고, 숨이 답답했다. 누군가가 발

소리를 내면서 복도를 걸어갔다.

　그럴지도 모르겠다고 나는 돌연 생각했다. 하긴 아내는 이제 이곳에 돌아오지 않을지도 모른다. 나는 그렇게 생각했다. 아내는 이미 아주 멀리 가버린 것이다. 온갖 교통수단을 사용해 내 손이 닿지 않는 먼 곳으로 가버렸다. 분명 우리는 돌이킬 수 없게 틀려버렸는지도 모른다. 서로를 잃고 말았는지도 모른다. 그리고 나만 그걸 알아차리지 못했었다. 내 안에서 여러 생각이 풀어졌다가 다시 합쳐졌다. 그럴지도 몰라, 나는 소리 내어 말했다. 목소리는 내 몸속에서 매우 공허하게 울렸다.

　"내일 색을 칠하면 더 잘 알게 돼." TV피플이 말했다. "색만 입히면 번듯한 비행기가 돼."

　나는 손바닥을 내려다보았다. 손바닥이 평소보다 조금 작아 보였다. 정말 조금. 기분 탓인지도 모른다. 빛 때문에 그렇게 보일 뿐인지도 모른다. 원근감의 밸런스가 살짝 뒤틀렸는지도 모른다. 하지만 손바닥은 확실히 작아진 것처럼 보인다. 잠깐만. 나는 발언하고 싶다. 무언가 말해야 한다. 내게는 해야 할 말이 있다. 그러지 않으면 나는 작아지고, 메말라버리고, 이윽고 돌이 되고 만다. 다른 모두와 마찬가지로.

"좀 있으면 전화가 걸려와." TV피플이 말했다. 그러고는 계산하는 것처럼 잠깐 뜸을 두었다. "한 오 분쯤 뒤에."

나는 전화기를 보았다. 전화선을 생각했다. 어디까지나 어디까지나 이어진 전화선. 그 무시무시한 회선 미로 어딘가의 단말기 앞에 아내가 있다. 한참 멀리, 내 손이 닿지 않을 만큼 멀리. 나는 아내의 심장박동을 느낄 수 있었다. 앞으로 오 분, 나는 생각했다. 어디가 앞이고 어디가 뒤일까? 나는 일어서서 무언가 말하려 했다. 하지만 일어선 순간 말은 지워져 사라지고 말았다.

비행기
_혹은
그는 어떻게 시를 읽듯
혼잣말을 했나

그날 오후, 그녀가 물었다. "있지, 당신 옛날부터 혼잣말하는 버릇이 있었어?" 그녀는 마치 문득 생각났다는 듯 테이블에서 조용히 고개를 들고 그렇게 말했다. 하지만 어쩌다 불쑥 떠오른 질문이 아니란 건 명백했다. 짐작건대 그녀는 줄곧 생각했을 테다. 목소리에서 그런 때 으레 묻어나게 마련인 약간 잠긴 딱딱한 울림이 느껴졌다. 실제로 입 밖으로 나올 때까지, 그 말은 혀 위에서 몇 번이고 몇 번이고 멈칫거리며 굴려졌던 것이다.

두 사람은 부엌 테이블을 사이에 두고 마주 앉아 있었다. 때로 매우 가까운 선로 위를 전철이 지나가는 것을 제외하면 일대는 대체로 조용했다. 어떤 때는 너무 조용할 정도였다. 전철이 지나가지 않을 때의 선로란 신기하리만치 조용하다. 부엌 바닥에 깔린 비닐 타일이 그의 맨발바닥에 차갑게 닿아서 기분좋았다. 그는 양말을 벗어 바지 주머니에 찔러두었다. 4월치고는 너무 포근하다 싶은 오후였다. 그녀는 옅은색 체크무늬 셔츠의 소매를 팔꿈치까지 걷어 올리고 있었다. 그리고 희고 가느다란 손가락으로 커피 스푼 자루를 계속 만지작거렸다. 그는 그녀의 손끝을 바라보았다. 지그시 보고 있으면 의식이 기묘하게 평탄해졌다. 그녀가 세계의 끄트머리를 집어 올려 조금씩 풀어내는 것처럼 보였다. 시간은 걸리지만 아무튼 거기서부터 풀어나갈 수밖에 없다는 양 무언가 사무적으로, 대단히 무감동하게.

그는 아무 말도 하지 않고 그 동작을 지켜보았다. 그가 아무 말도 하지 않은 것은 무슨 말을 해야 좋을지 몰라서다. 그의 컵 안에 조금 남은 커피는 이미 식어서 빛깔이 탁해지기 시작했다.

그는 얼마 전 스무 살이 되었다. 여자는 그보다 일곱 살 많고, 결혼했고, 아이까지 있었다. 요컨대 그녀는 그에게 달의 뒷면 같은 존재였던 셈이다.

여자의 남편은 해외여행을 전문으로 취급하는 여행사에 근무했다. 그로 인해 한 달의 절반 가까이 집을 비웠다. 런던이며 로마며 싱가포르에 갔다. 남편은 오페라를 좋아하는 모양으로, 집에 베르디와 푸치니와 도니체티와 리하르트 슈트라우스의 세 장짜리, 네 장짜리 두툼한 레코드가 작곡가별로 정리되어 늘어서 있었다. 그것은 레코드 컬렉션이라기보다 오히려 어떤 세계관의 상징처럼 보였다. 조용했고, 매우 확고해 보였다. 그는 말이 궁할 때나 어쩐지 무료할 때면 늘 레코드 등에 적힌 글자를 눈으로 좇고는 했다. 오른쪽에서 왼쪽으로, 그리고 왼쪽에서 오른쪽으로. 그러고는 타이틀 하나하나를 머릿속에서 소리 내어 읽어나갔다. 〈라보엠〉〈토스카〉〈투란도트〉〈노르마〉〈피델리오〉……. 그는 그런 종류의 음악을 지금껏 한 번도 들어본 적 없었다. 좋다 싫다 이전에, 들어볼 기회 자체가 없었다. 가족이건 친구건 주변에 오페라를 좋아하는 인간은 한 사람도 없었다. 세계에는 오페라는 음악이 존재하고, 그걸 듣는 인간이 존재한다는 사실을 알고는 있었다. 하지만 그런 세계의 일부분을 실제로 보기는 그때가 처음이었다. 그녀 쪽은 특별히 오페라를 좋아하는 것은 아니었다. "싫지 않아"라고 그녀는 말했다. "근데 너무 길어."

레코드장 옆에는 매우 훌륭한 스테레오 기기가 있었다. 대형 외제 진공관 앰프가 잘 훈련된 갑각동물처럼 의젓하게 몸을 굽히고 명령을 기다리고 있었다. 굳이 말하자면 소박한 다른 장식품 속에서 그것은 어쩔 도리 없이 눈에 띄었다. 존재감 자체가 두드러졌다. 그쪽으로 그만 눈이 가고 만다. 하지만 그 장치가 실제로 울리는 걸 그가 들은 적은 한 번도 없었다. 그녀는 전원 스위치가 어디 있는지도 몰랐고, 그도 굳이 만져보고 싶다고는 생각하지 않았다.

가정에 문제가 있는 건 아니야, 라고 여자는 그에게 말했다. 몇 번이고 되풀이해 그렇게 말했다. 남편은 자상하고 착한 사람이고, 아이도 무척 사랑해, 난 아마 행복할 거야, 그녀는 온화하게, 담담한 투로 말했다. 변명 같은 울림은 없었다. 그녀는 교통법규나 날짜변경선에 대해 말하듯 객관적으로 결혼 생활에 대해 말했다. 난 행복할 거야, 문제라고 부를 만한 문제는 아무것도 없어, 라고.

그럼 왜 나랑 잘까, 그는 생각했다. 열심히 생각해봤지만 대답을 알 수 없었다. 애당초 결혼 생활에서 문제라는 것이 구체적으로 어떤 걸 의미하는지조차 잘 이해할 수 없었다.

그녀에게 직접 물어봐야겠다고 생각한 적도 있지만, 그럴싸하게 운을 떼지 못했다. 뭐라고 물어보면 좋을까? 그렇게 행복하다면 왜 나랑 자는데요, 라고 솔직하게 질문하면 될까? 하지만 그런 걸 물으면 분명 그녀는 울겠지, 그는 생각했다.

안 그래도 그녀는 잘 울었다. 매우 작은 소리로, 긴 시간을 들여 울었다. 대개의 경우 그는 여자가 우는 이유를 잘 알지 못했다. 여자는 한번 울기 시작하면 좀처럼 그치지 않았다. 그가 아무리 달래도 일정한 시간이 지날 때까지 결코 울음을 그치지 않았다. 대신 아무것도 하지 않아도 일정한 시간이 지나면 자연히 울음을 그쳤다. 인간이란 어째서 한 사람 한 사람이 이다지 다를까, 그는 생각했다. 그는 그때까지 몇 여자와 사귄 적이 있었다. 그녀들은 모두 저마다 울거나 화내거나 했다. 그래도 울고 웃고 화내는 방식은 제각기 다 달랐다. 닮은 구석도 있었지만 다른 데가 더 많았다. 아무래도 나이와는 전혀 관계없는 일 같았다. 연상의 여자와 사귄 것은 처음이었지만, 나이는 생각보다 신경쓰이지 않았다. 그보다 사람들마다 각각 안고 있는 경향의 차이 쪽이 훨씬 의미 깊게 느껴졌다. 그리고 그것이 인생의 수수께끼를 풀기 위한 중요한 열쇠처럼 그에게는 생각되었다.

그녀가 다 울고 나면 대개 그때부터 두 사람은 성교했다. 여자 쪽에서 그를 원하는 건 울고 난 다음뿐이었다. 그 외에는 늘 그 쪽에서 여자를 원했다. 여자가 거절하는 일도 있었다. 그녀는 아무 말 않고 잠자코 고개를 저었다. 그런 때 그녀의 눈은 하늘 한 귀퉁이에 떠오른 하얀 새벽달처럼 보였다. 새벽녘 새소리 한 번에도 몸을 떠는, 납작하고 암시적인 달. 그 눈을 보면 그는 더이상 아무 말도 할 수 없었다. 성교를 거절당해도 특별히 속이 타지 않았고 불쾌하다는 생각도 들지 않았다. 그러려니 했을 뿐이다. 내심 안도할 때도 있었다. 그런 때, 두 사람은 부엌 테이블에 앉아 커피를 마시면서 작은 목소리로 띄엄띄엄 이런저런 이야기를 나누었다. 이야기는 대개 끊어졌다 이어졌다 했다. 어느 쪽도 말수가 썩 많지 않았고, 공통된 화제도 별로 없었다. 대체 무슨 얘기를 했는지 그는 더는 기억하지 못한다. 그저 끊어졌다 이어졌다 했다고밖에. 이야기하는 사이 창 밖에서 몇 번이고 몇 번이고 전철이 지나갔다.

두 사람의 육체의 맞닿음은 늘 조용하고 내밀했다. 거기에는 정확한 의미에서 육체의 희열은 없었다. 물론 남녀가 몸을 섞는 일의 기쁨이 없었다고 하면 거짓말이다. 하지만 거기에는 다른 생각과 요소와 양식이 너무 많이 뒤섞여 있었다. 그가 그때까지 경험했던 어떤 섹스와도 달랐다. 그것은 그에게 작은 방을 떠올리게 했다. 잘 정돈된 느낌 좋은 방으로, 마음도 편안해진다. 천장에서 색색의 끈이 내려와 있다. 모양도 길이도 제각각이다. 그 한 줄 한 줄이 그의 마음을 유혹하고 떨게 한다. 그는 그중 하나를 당겨보고 싶다고 생각한다. 끈들은 그가 당겨주기를 기다린다. 하지만 어떤 끈을 당겨야 할지 그는 알지 못한다. 어느 것인가 당기면 멋진 광경이 눈앞에 획 펼쳐질 것도 같고, 반대로 한순간에 이도저도 망쳐버릴 것도 같다. 그래서 그는 몹시 망설이고 만다. 망설이는 사이 그날 하루가 끝나버린다.

그에게는 그런 상황이 신기할 따름이다. 그는 그때까지 자기 나름대로 가치관을 지니고 산다고 생각했다. 하지만 그 방에서, 전철 소리를 들으며 자신보다 몇 살 많고 말수 적은 여자를 안고 있으면, 때로 압도적인 혼미 속을 헤매는 듯 느껴졌다. 나는 애당초 이 여자에게 애정을 품고 있는 걸까, 하고 그는 자신을 향해 몇 번이고 물었다. 하지만 확신 있는 대답을 내지 못했다. 그가 이해할 수 있는 것은 작은 방 천장에서 내려온 색색의 끈뿐이었다. 그것은 거기 있다.

그 기묘한 성교가 끝나면 그녀는 늘 시계를 흘끗 보았다. 그의 품 안에서 얼굴을 조금 돌리고 베갯머리의 시계를 본다. FM라디오가 딸린 검은색 자명종 시계였다. 당시 라디오 시계 문자반은 아직 디지털 문자가 아니라, 팔락팔락 작은 소리를 내면서 얇은 판이 넘어가는 타입의 물건이었다. 그녀가 시계를 보면 창문 가까이 전철이 지나갔다. 신기하게도, 그녀가 시계를 보면 늘 어김없이 전철 소리가 났다. 마치 숙명적 조건반사처럼. 그녀가 시계를 본다 — 전철이 지나간다.

그녀가 시계를 보는 것은 네 살 딸아이가 유치원에서 돌아올 시간을 확인하기 위해서였다. 그는 딱 한 번 우연히 그 여자애를 본 적 있었다. 어딘지 얌전해 보이는 아이였다는 인상밖에 남아 있지 않다. 오페라를 좋아하는 여행사 직원인 남편은 한 번도 마주친 일이 없었다. 다행히도.

여자가 혼잣말에 대해 질문한 것은 5월 한낮의 일이었다. 그녀는 그날도 역시 울었고, 그리하여 두 사람은 역시 성교했다. 그날 그녀가 왜 울었는지 그는 기억하지 못한다. 아마 그녀는 그저 울고 싶어서 울었을 테다. 어쩌면 그냥 누군가에게 안겨 울고 싶어서 나와 사귀는지도 몰라, 라는 생각조차 들었다. 혹시 혼자 울 수 없어서, 그래서 내가 필요한 게 아닐까 하고.

　방문을 잠그고, 커튼을 치고, 전화기를 베갯머리로 가져온 뒤, 두 사람은 침대에서 성교했다. 늘 그렇듯이 매우 조용히. 도중에 한 번 초인종이 울렸지만 그녀는 상관하지 않았다. 특별히 놀라지도 떨지도 않았다. '괜찮아, 아무것도 아니야'라는 듯 그녀는 잠자코 고개를 저었다. 초인종은 몇 번 울리다 말았고, 상대는 체념하고 어딘가로 가버렸다. 아무것도 아니었다, 그녀의 말처럼. 영업 사원이거나 무언가다. 하지만 어째서 그런 걸 그녀가 아는지 신기했다. 때로 전철 소리가 들렸다. 멀리서 피아노 음악이 들렸다. 멜로디에 희미한 기억이 있었다. 옛날, 학교 음악실에서 들어봤던 곡이다. 하지만 제목은 끝내 떠오르지 않았다. 채소 파는 트럭이 덜걱덜걱 소리를 내며 밖을 지나갔다. 그녀가 눈을 감고 커다랗게 숨을 들이켰고, 그는 사정했다. 매우 조용히.

　그는 욕실로 가서 먼저 샤워했다. 배스타월로 몸을 닦으면서 돌아와 보니 여자는 침대 위에 엎드려 눈을 감고 있었다. 그는 여자 옆에 몸을 내려놓았다. 그리고 여느 때처럼 오페라 레코드 등에 적힌 글씨를 눈으로 좇으면서 여자의 등을 손끝으로 살짝 어루만졌다.

이윽고 여자는 일어나서 옷을 단정히 입고, 부엌으로 가서 커피를 만들었다. 조금 뒤 여자가 말했다. 있지 당신, 옛날부터 혼잣말하는 버릇이 있었어?

"혼잣말?" 그는 놀라서 되물었다. "혼잣말이라니, 그때요?"

"아니. 그게 아니라 평소에. 이를테면 샤워할 때라든가, 내가 부엌에 있고 당신 혼자 신문을 볼 때라든가."

그는 고개를 저었다. "몰랐는데요. 혼잣말하리라고는 생각도 못했어요."

"근데 하거든, 정말로." 여자는 그의 라이터를 만지작거리며 말했다.

"딱히 믿지 않는다는 게 아니라"라고 그는 편치 않은 목소리로 말했다. 그리고 담배를 물고, 여자의 손에서 라이터를 가져와 불을 붙였다. 그는 얼마 전부터 담배를 세븐스타로 바꾸었다. 그녀의 남편이 세븐스타를 피웠기 때문이다. 그는 그때까지 줄곧 쇼트 호프를 피웠다. 그녀가 같은 담배로 해달라고 한 것은 아니다. 그가 알아서 눈치껏 바꾸었다. 그편이 여러 모로 편리하겠다 싶어서. 텔레비전 멜로드라마에 흔히 나오는 것처럼.

"나도 어릴 때 혼잣말을 곧잘 했어."

"그래요?"

"하지만 엄마가 뜯어고쳤지. 꼴사납다고. 혼잣말할 때마다 심하게 혼났어. 벽장에 갇힌다든가. 벽장은 무척 무서웠어. 어둡고 곰팡내가 났어. 맞은 적도 있어. 자로 무릎을 때려. 그래서, 그러는 사이 혼잣말이란 걸 안 하게 돼버렸어. 전혀 안 하게 됐어. 어느새 하려고 해도 할 수 없어지고 말았어."

무슨 말을 해야 할지 몰라서 그는 잠자코 있었다. 여자는 입술을 깨물었다.

"지금도 문득 뭐라고 말이 나올 것 같아도 반사적으로 삼켜버려. 어렸을 때 하도 혼나서. 하지만 모르겠어. 혼잣말이 대체 왜 안 된다는 건지. 말이 저절로 나올 뿐인 거잖아. 엄마가 지금 살아있다면 물어보고 싶을 정도. 어디가 안 되는 거냐고."

"돌아가셨어요?"

"응." 그녀는 말했다. "하지만 꼭 물어보고 싶었어. 나한테 왜 그랬느냐고."

그녀는 커피 스푼을 계속 만지작거렸다. 그 뒤 문득 벽시계를 쳐다봤다. 그녀가 시계를 보면 창 밖에서 또 전철이 지나갔다.

그녀는 전철이 지나가기를 기다렸다. 그러고는 말했다. "사람 마음은 깊은 우물 같은 것 아닐까 싶어. 바닥에 뭐가 있는지는 아무도 모르지. 때로 거기서 떠오르는 것의 생김새를 보고 상상하는 수밖에."

두 사람은 한동안 우물에 대해 생각했다.

"이를테면 나는 어떤 혼잣말을 하는데요?" 그가 질문했다.

"그러게" 하고 그녀는 천천히 고개를 몇 번 저었다. 마치 목 관절의 움직임을 살며시 확인하는 것처럼. "이를테면, 비행기."

"비행기?" 그가 말했다.

그래, 그녀는 말했다. 하늘을 나는 비행기.

그는 웃는다. 어째서 또 비행기 같은 혼잣말을 한담.

그녀도 웃는다. 그러고는 오른손 집게손가락과 왼손 집게손가락으로 공중에 떠오른 가공의 물체의 길이를 쟀다. 그녀의 버릇이었다. 때로 그도 같은 동작을 할 때가 있다. 그녀의 버릇이 옮고 말았다.

"엄청 확실히 말하거든. 정말 기억 안 나?" 그녀가 말한다.

"안 나요."

그녀는 테이블 위의 볼펜을 집어 들고 잠시 만지작거렸지만, 이윽고 또 시계를 보았다. 오 분 동안 시곗바늘은 틀림없이 오 분 치 나아가 있었다.

"당신은 마치 시를 읽듯 혼잣말을 해."

그녀는 그렇게 말하고 얼굴을 조금 붉혔다. 어째서 내 혼잣말 때문에 그녀가 얼굴을 붉힐까 생각하자 그는 왠지 우스워졌다.

"나는 마치
시를 읽듯
혼잣말을 한다."

그는 그렇게 말해보았다.

그녀는 다시 한 번 볼펜을 집어 든다. 어딘가 은행의 무슨무슨 지점 십 주년 기념이라고 적힌 노란색 플라스틱 볼펜.

그가 볼펜을 손가락으로 가리켰다. "저기, 만일 내가 다음에 뭐라고 혼잣말하면 그걸로 메모해줄 수 있어요?"

여자는 그의 눈을 가까이에서 지그시 들여다보았다. "정말 알고 싶어?"

그가 고개를 끄덕였다.

그녀는 메모지를 집어 들고 볼펜으로 무언가 적기 시작했다. 천천히, 그러나 막힘없이 술술 볼펜을 움직였다. 그사이 그는 턱받침을 하고 여자의 긴 속눈썹을 바라보았다. 몇 초에 한 번, 불규칙적으로 그녀는 눈을 깜박였다. 그 속눈썹을 — 바로 조금 전까지 눈물에 젖어 있던 속눈썹을 — 가만히 보고 있자니 그는 또다시 알 수 없어졌다. 그녀와 자는 것이 대체 무엇을 의미하는지. 복잡한 시스템의 일부가 잡아당겨져 지독히 단순해진 듯한 기묘한 결락감이 그를 덮쳤다. 자신은 이제 이대로 어디로도 갈 수 없을지 모른다고 생각했다. 그렇게 생각하자 참을 수 없이 무서웠다. 자신이라는 존재가 그대로 녹아 없어질 듯한 느낌이었다. 그렇다, 그는 갓 생겨난 진흙처럼 아직 젊고, 시라도 읽듯 혼잣말을 했다.

다 적자 여자는 테이블 너머로 메모지를 내밀었다. 그는 그것을 받아들었다.

부엌에는 무언가의 잔상이 조용히 숨 죽이고 있었다. 그녀와 함께 있으면 때로 그런 잔상의 존재를 느끼고는 했다. 어디선가 잃어버린 무언가의 잔상. 그에게는 기억이 없는 무언가의 잔상.

"나, 전부 기억하거든." 그녀는 말했다. "이게 비행기에 대한 혼잣말."

그는 소리 내어 읽어보았다.

비행기

비행기가 날아

나는, 비행기에

비행기는

날고

그렇지만, 날았다 해도

비행기가

하늘인가

"이게 다예요?" 그는 좀 놀라서 말했다.

"그래, 그게 다야." 그녀가 말했다.

"믿기지 않는걸. 이런 긴 혼잣말을 해놓고 본인은 전혀 기억을 못 하다니." 그가 말했다.

그녀는 아랫입술을 가볍게 깨물고 살짝 미소 지었다. "하지만 말했어, 그렇게."

그는 한숨을 뱉었다. "이상하네, 비행기라니, 한 번도 생각한 적 없는데. 기억이 전혀 없어요. 왜 뜬금없이 비행기 같은 게 튀어나올까."

"하지만 조금 전 당신은 욕실에서 똑똑히 그렇게 말했어. 그러니까 당신이 비행기를 생각하지 않았다 해도, 당신 마음은 어딘가 먼 숲속 깊은 데서 비행기를 생각했던 거야."

"혹은 어딘가 숲속 깊은 데서 비행기를 만들고 있었는지도."

그녀는 달각 하고 작은 소리를 내면서 볼펜을 테이블에 내려놓고, 눈을 들어 그의 얼굴을 지그시 바라보았다.

두 사람은 한동안 아무 말 하지 않았다. 테이블 위에서 커피는 계속 탁해지고 계속 식었다. 지축이 회전하고, 달이 은밀히 중력을 변화시켜 조수를 만들었다. 침묵 속에서 시간이 흐르고, 전철이 선로 위를 통과했다.

그도 여자도 같은 걸 생각하고 있었다. 비행기. 그의 마음이 숲속 깊은 데서 만들고 있는 비행기를. 그것이 얼마나 크고 어떤 모양을 하고 있는지, 어떤 색으로 칠해졌는지, 어디로 가려 하는지. 누가 탈지. 깊은 숲속에서 가만히 누군가를 기다리는 그 비행기를.

잠시 후 그녀는 또 울었다. 그녀가 하루에 두 번 울다니,

그때가 처음이었다. 그리고 마지막이었다. 그것은 그녀에게는 무언가 특별한 일이었다. 그는 테이블 너머로 손을 뻗어 그녀의 머리카락을 어루만졌다. 어딘지 매우 리얼한 감촉이었다. 마치 인생 자체처럼 딱딱하고, 매끄럽고, 그리고 멀리 있었다.

　그는 생각한다. 그렇다, 그 무렵 나는 마치 시를 읽듯 혼잣말을 했다.

우리 시대의 포크로어

_고도자본주의 전사前史

나는 1949년에 태어났다. 1961년에 중학교에 입학하고, 1967년에 대학에 들어갔다. 그리고 예의 야단스러운 소용돌이1960년대 중후반 일본 대학가에서 반정부 투쟁이 특히 활발하던 시기 속에서 스무 살을 맞게 되었다. 그런 의미에서 나는 가장 전형적인 '1960년대 아이들'의 한 명인 셈이리라. 인생에서 가장 상처받기 쉽고 가장 미숙한, 그리하여 가장 중요한 시기에 1960년대라는 내일을 알 수 없는 와일드한 공기를 가슴 가득 들이마셨고, 그 결과 당연하지만 그것에 완전히 취하고 말았다. 그리고 그곳에는 걷어차야 할 문이 있었다. 그렇다, 걷어차야 할 문이 눈앞에 어엿하게 있다는 건 얼마나 멋진 일일까! 도어스, 비틀스, 밥 딜런…… BGM도 빈틈없이 갖

쳐져 있었다.

1960년대라는 시대에는 확실히 무언가 특별한 것이 존재
했다. 지금 떠올려봐도 그렇고, 그 한복판에 있을 때도 대체
로 그렇게 생각했다. 이 시대에는 무언가 특별한 것이 있다
고. 그러나 그 특별한 시대가 우리에게 — 다시 말해 우리 세
대에 — 무언가 특별한 광채 같은 것을 가져다주었느냐 하
면 고개를 갸웃할 수밖에 없다. 혹은 대답이 궁색해질 수밖
에 없다. 결국 우리는 그 특별한 무언가를 **그저 통과했**을 뿐
아니었을까? 마치 스릴 있고 재미있는 영화를 보듯 그것을
구경하고, 리얼하게 체험하고, 손에 땀을 쥐고, 그리고 조명
이 켜지자 무해한 고양감과 더불어 영화관 밖으로 나왔을 뿐
아니었을까? 우리는 무슨 이유인가로 거기서 진실로 귀중한
교훈을 배우는 일을 게을리하고 만 건 아닐까?

모르겠다. 그런 물음에 정확하고 공평하게 대답하기엔 내
가 너무 깊숙이 나 자신과 그 시대에 관여하고 말았기 때문
이다.

다만 그에 관해 당신이 한 가지 이해해주었으면 하는데,
나는 딱히 내가 자란 시대를 자랑하는 건 아니다. 그저 사실
을 사실로서 간결히 서술할 뿐이다. 그렇다, **그 시대에는 무**

언가 특별한 것이 있었다고. 하긴 거기 존재했던 것을 일일이 초들어 검증해보면, 그것들 자체는 특별히 희귀한 것이 아니었음을 알 테다. 시대의 회전이 만들어내는 열기, 내걸린 훌륭한 약속, 어떤 것이 어떤 시기에 어떤 장소에서 창출하는 어떤 제한된 눈부심, 그리고 뭐든 마치 망원경을 거꾸로 들여다보는 듯한 숙명적인 답답함. 영웅과 악한, 도취와 환멸, 순교와 전신轉身, 총론과 각론, 침묵과 웅변, 그리고 따분하기 짝이 없는 대기 시간, 기타 등등 기타 등등…… 어느 시대에나 그런 건 틀림없이 있었고, 지금도 틀림없이 있다. 앞으로도 분명 있을 테다. 그러나 우리 시대(라는 다소 거창한 표정表情을 허락하시기를)에는 그런 것이 매우 컬러풀하게, 하나하나 실제로 손에 잡힐 듯한 형태로 존재했다. 말 그대로 선반에 올라가 상당히 공정한 형태로 우리 앞에 진열되어 있었다.

지금처럼 무언가를 집어 들면 투명 도롱이(입으면 모습이 보이지 않게 된다는 상상의 도롱이)를 뒤집어쓴 광고와 수상쩍은 할인 쿠폰과 버리려야 버릴 수 없는 포인트 카드와 반강제적인 옵션, 그런 유의 성가신 것이 줄줄이 따라붙는 일은 없었다. 거의 해독 불능인 세 권짜리 매뉴얼 북이 척 건네지는 일도 없었다. **공정한 형태로**라는 말은 그런 의미에서다. 우리는 그저 **그것을** 손에 들고 곧장 집으로 가져갈 수 있었다. 밤거리 노점에서 병아리 한 마리 사듯이. 무척 간단하고 직접적이었다. 원인과 결과가 솔직하게 악수하고, 테제와 현실이 당연한 듯 포옹했다. 그리고 짐작건대 그런 방식이 통용된 최후의 시대였다.

고도자본주의 전사 — 나는 그 시대를 개인적으로 이렇게 부른다.

여자애에 대해 이야기하자. 신품에 가까운 남성용 생식기를 장착한 우리와, 그 무렵 아직 소녀였던 그녀들과의 야단스럽고 유쾌하고 서글픈 성적인 관계에 대해. 그것이 이 이야기의 테마의 하나다.

우선 순결에 대해('순결'이라는 글자를 보면 나는 쾌청한 봄날 한낮의 들판을 상상하게 된다. 어째서일까?).

1960년대에 순결은 현재에 비하면 아직 커다란 의미를 지녔었다. 내 느낌으로 말하자면 — 물론 설문 조사를 한 게 아니니까 대략일 뿐이지만 — 우리 세대에서 스무 살 전에 순결을 버린 여자애는 전체의 대략 50퍼센트쯤 아니었을까.

적어도 내 주위에서는 대충 그 정도 비율이었다. 요컨대 절반 가까운 여자애가 의식적인지 어떤지 몰라도 순결이라는 것을 아직 존중했던 셈이다.

지금 와서 하는 생각인데, 우리 세대 여자애의 다수(중간파라고 말해도 좋으리라)는 결과적으로 순결했건 아니건 내심 이것저것 망설이지 않았을까. 새삼스럽게 순결이 소중하다는 생각도 들지 않고, 그렇다고 그런 건 무의미하며 시시하다고 단언할 수도 없었지 싶다. 그러니까 나머지는 요컨대 — 있는 그대로 말해버리면 — 그때그때 다른 문제였다. 상황과 상대에 따라서, 라는 말이다. 내 생각에는 꽤 타당한 사고방식이자 삶의 태도다.

그리고 비교적 조용한 다수인 그녀들을 가운데 두고 진보와 보수가 존재했다. 섹스란 스포츠라고 생각하는 여자애부터, 결혼할 때까지는 순결을 지켜야 한다고 굳게 믿는 여자애까지 있었다. 남자 중에서도 결혼할 상대는 순결하지 않으면 싫다는 녀석도 있었다.

어느 시대나 그렇지만 이런저런 인간이 있고, 이런저런 가치관이 있었다. 그러나 1960년대가 그와 근접한 여타 연대와 달랐던 부분은, 이대로 시대가 잘 나아가주면, 그런 가치관의 차이를 언젠가 메울 수 있으리라고 우리가 확신했다는 점이다.

피스.

이건 내 지인의 이야기다.

그는 고등학교 때 나와 같은 반이었다. 한마디로 말해버리면 뭐든지 잘하는 남자였다. 성적이 좋고 운동을 잘하고 친절하며 리더십이 있었다. 특별히 핸섬하지는 않아도 무척 청결감 있는, 느낌이 좋은 얼굴이었다. 늘 당연한 일처럼 학급위원을 맡았다. 목소리도 잘 울리고 노래도 잘했다. 말주변도 훌륭했다. 학급 토론 때는 마지막에 총괄 의견을 발표했다. 물론 독창적이라기에는 거리가 먼 의견이었다. 그러나 대체 누가 학급 토론에 독창적 의견 같은 걸 요구할까. 우리가 바라는 건 아무튼 가능한 한 빨리 끝내버리자는 것이다. 그리고 그가 입을 열면 학급 토론은 끝나야 할 시간에 어김없이 끝났다. 그런 의미에서는 귀한 존재였다고 말할 수도 있다. 세상에는 독창적이지 않을 것이 요구되는 경우도 얼마든지 있으니까 — 아니 뭐랄까 그런 경우가 훨씬 많다.

그는 또 규율과 양심을 존중하는 남자였다. 자습 시간에

까불고 소란 떠는 녀석이 있으면 온화하게 주의를 주었다. 흠잡을 데가 없다. 그러나 이런 유의 남자가 머릿속으로 대체 무얼 생각하는지, 나로서는 상상도 되지 않았다. 때로 머리를 목에서 떼어내 흔들어보고 싶어진다. 어떤 소리가 날까 하고. 그래도 여자애들에게는 무척 인기가 있다. 교실에서 그가 벌떡 일어나 무언가 말하면 여자애들은 모두 "흐응" 하고 감탄한 눈으로 쳐다본다. 잘 모르는 수학 문제가 있으면 그에게 물어보러 간다. 나 같은 사람의 스물일곱 배쯤 인기 있다. 실로 뭐 그런 남자였다.

공립 고등학교에 다녔던 분이라면 그런 타입의 남자가 현실에 존재한다는 걸 이해하시리라 생각한다. 어느 반에나 이런 친구가 하나쯤 있기 마련이고, 없으면 학급 운영이 잘 되지 않는다. 우리는 장기간에 걸친 학교 교육을 통해 여러 생활 매뉴얼을 자연히 익혀나가는데, 호불호와 상관없이 공동체 안에서는 이런 타입의 인간의 존재를 인정하고 받아들일 수밖에 없다는 것이 내가 거기서 습득한 지혜 중 하나였다.

그러나 말할 필요도 없지만, 나는 개인적으로 이런 타입의 인간을 별로 좋아하지 않는다. 어쩐지 잘 안 맞는다. 나는 뭐랄까 좀 더 불완전하고 좀 더 존재감 있는 인간을 좋아한다.

그래서 일 년간 같은 반이었어도 전혀 친하지 않았다. 얘기해본 적도 거의 없었다. 내가 그와 처음 제대로 대화를 나눈 건 대학교 1학년 여름방학 때였다. 우리는 우연히 같은 자동차 운전교습소에 다녔고, 그곳에서 몇 번 얼굴을 마주하고 얘기했다. 대기 시간에 같이 차도 마셨다. 자동차 운전교습소란 정말이지 따분하기 짝이 없는 곳으로, 뭐 누구라도 좋으니까 아는 사람을 만나면 얘기하고 싶어진다. 무슨 얘기를 했는지는 기억나지 않지만 특별히 나쁜 인상도 남아 있지 않다. 좋건 나쁘건, 신기하게 인상이란 것이 없다.

그 밖에 그에 대해 기억하는 건 그에게 여자친구가 있었다는 사실이다. 그녀는 다른 반 여자애로, 교내에서도 손꼽히는 미인이었다. 미인에 성적이 좋고 운동을 잘하고 리더십이 있으며, 학급 토론 때는 마지막에 총괄 의견을 발표했다. 어느 반에나 이런 여자애가 한 명쯤 있는 법이다.

간단히 말해서, 잘 어울리는 커플이었다. 미스터 클린과 미스 클린, 마치 치약 광고 같다.

나는 여기저기서 두 사람의 모습을 목격했다. 점심시간에는 곧잘 교정 한 구석에 나란히 앉아 이야기하곤 했다. 그리고 대개 시간을 맞춰 하교했다. 같은 전철을 타고, 다른 역에서 내렸다. 그는 축구부였고 그녀는 영어 회화 동아리였다. 특별활동 끝나는 시간이 맞지 않을 때는 먼저 끝난 쪽이 도서관에서 공부했다. 그들은 틈만 나면 함께 있는 것 같았다. 그리고 언제나 언제나 언제나 이야기에 빠져 있었다. 저렇게 할 말이 많은 것도 참 용하다고 내심 감탄했던 걸 기억한다.

우리는(이라 함은 나와, 나와 친했던 무리를 말하지만) 그 둘에게 특별히 나쁜 감정을 품진 않았다. 놀리거나 험담도 하지 않았다. 아니 뭐랄까 관심조차 거의 없었다고 생각한다. 그도 그럴 게 그 둘에게는 우리 상상력이 끼어들 여지라고는 없어 보였으니까. 그들은 마치 기상 현상처럼 존재하고 기능했다. 비가 내리거나 남풍이 부는 것에 대체 누가 의심을 품으랴? 그런 연유로 우리는 그들과는 관계없이 우리가 흥미있는 것, 요컨대 더 필수 불가결하고 동시대적이며 스릴 있는 것을 그 나름대로 진지하게 추구했다. 이를테면? 이를테면 섹스와 로큰롤과 장 뤼크 고다르의 영화와 정치 운동과 오에 겐자부로의 소설 같은 것. **특히** 섹스.

물론 우리는 무지하고 오만했다. 인생이 무언지 전혀 알지 못했다. 이 현실 세계에는 미스터 클린도 미스 클린도 존재하지 않는다. 그런 게 존재하는 곳은 아마도 텔레비전의 광고 속 세계뿐이다. 요컨대 당시 우리가 품고 있던 환상이나 그 둘이 품고 있던 환상이나, 정도 면에서는 별반 다르지 않았다.

이건 그들의 이야기다. 대단히 유쾌한 이야기도 아니고, 지금 와서 보면 특별히 교훈 같은 것도 없을지 모른다. 그러나 아무튼 이건 그들의 이야기인 동시에 우리 자신의 이야기다. 요컨대 어떤 포크로어라 할 수 있다. 나는 그것을 채집하여 여기서 이야기한다. 한 사람의 미숙한 화자로서.

이건 그에게 들은 이야기다. 그것도 와인 잔을 기울이며 이런 말 저런 말 나누다가 문득 나온 얘기다. 그러므로 엄밀한 의미로는 실화라고 할 수 없을지 모른다. 흘려듣고 잊어버린 부분도 있고, 세부는 적당히 상상을 섞어서 썼다. 그리고 실재 인물에 폐가 되지 않도록 의도적으로(하지만 줄거리에는 전혀 지장 없는 선에서) 사실을 고쳐 쓴 부분도 있다. 그러나 실제는 거의 이대로였을 테다. 왜냐하면 나는 이야기의 세부는 잊었어도 그가 이야기하던 톤만은 지금도 정확히 기억하기 때문이다. 누군가의 이야기를 듣고 문장으로 옮길 때 제일 중요한 건 톤을 재현하는 일이다. 톤만 잘 붙들고 있으면 이야기는 정말이 된다. 사실은 다소 다를지 몰라도, 정말이 된다. 사실의 차이가 그 **정말**의 순도를 높이는 일마저 있다. 반대로 세상에는 사실은 전부 맞는데도 전혀 정말이 아닌 이야기도 있다. 그런 이야기는 대개 따분하고, 어떤 경우에는 위험하기도 하다. 어쨌거나 그런 것은 냄새로 안다.

또 하나 말해두고 싶은 건 그가 화자로서는 이류였다는 사실이다. 무슨 영문인지 다른 부분에서는 무턱대고 선심을 쓴 신께서도 이야기 들려주는 능력만은 허락하지 않으신 듯했다(뭐 그런 목가적 기능은 현실 생활에서 아무 쓸모도 없지만). 그러므로 솔직히 나는 그의 이야기를 들으면서 몇 번인가 무심코 하품할 뻔했다(물론 하지 않았다). 불필요하게 옆으로 새는 일도 있었다. 이야기가 같은 곳을 맴돌기도 했다. 그리고 사실을 떠올리는 데 시간이 걸렸다. 그는 이야기 조각을 손에 들고 신중히 들여다보고, 틀림없다고 납득하면 하나하나 순서대로 테이블 위에 늘어놓았다. 그러나 그 순서는 왕왕 틀렸다. 나는 소설가로서 — 일단 이야기 전문가로서 — 그 조각들의 전후를 바꿔 넣고, 접착제로 주의 깊게 하나로 이어 붙였다.

나와 그는 놀랍게도 루카라는 중부 이탈리아 마을에서 만났다.

중부 이탈리아다.

나는 그 무렵 로마에 아파트를 얻어 살고 있었다. 마침 아내가 볼일이 있어 일본에 돌아갔던 터라 그사이 혼자 느긋하게 철도 여행을 즐기던 참이었다. 베네치아에서 베로나, 만토바, 모데나를 거쳐 루카에 들렀다. 루카에 오는 것은 두 번째였다. 조용하고 좋은 마을이다. 그리고 맛있는 버섯 요리를 내놓는 레스토랑이 마을 외곽에 있다.

그는 루카에 출장을 와 있었다. 우리는 우연히 같은 호텔에 묵었다.

세상 참 좁다.

그날 밤, 우리는 레스토랑에서 같이 식사했다. 둘 다 혼자 여행중이었고, 둘 다 따분하던 차였다. 나이 들수록 나 홀로 여행이 재미없어진다. 젊을 때는 다르다. 혼자건 뭐건, 어디를 가도 여행을 마음껏 즐길 수 있다. 그러나 어느 정도 나이 들면 아니다. 나 홀로 여행도 좋은 건 첫 이삼 일뿐이다. 차츰 경치가 시끄러워지고, 남의 목소리가 귀에 거슬리게 된다. 눈을 감으면 불쾌한 옛 기억을 자꾸 떠올리고 만다. 레스토랑에서 식사하는 게 귀찮아진다. 전철 기다리는 시간이 터무늬없이 길게 느껴진다. 몇 번이고 시계를 보게 된다. 외국어를 사용하는 것이 번거로워진다.

그래서 우리는 서로를 발견하고 어쩐지 안도해버렸지 싶다. 꼭 자동차 운전교습소에서 만났던 때처럼. 우리는 레스토랑의 난로 앞 테이블에 자리 잡고, 훌륭한 레드와인을 주문하고, 버섯 전채요리를 먹고, 버섯 파스타를 먹고, 버섯 아로스트 고기, 생선, 야채 등을 오븐에 구운 이탈리아 요리를 먹었다.

그는 가구를 구매하기 위해 루카에 와 있었다. 그는 유럽 가구 전문 수입회사를 경영했다. 그리고 물론 성공했다. 딱히 자랑도 하지 않고 티도 내지 않았지만(내게 명함을 한 장 건네고 작은 회사를 하고 있다고 말했을 뿐이다), 그가 현세적 성공을 손에 넣었음은 한눈에 알아보았다. 입은 옷이며 말투며 표정이며 몸짓이며 주변에 감도는 공기로 뚜렷이 알 수 있었다. 성공은 그라는 인간에게 매우 잘 배어들어 있었다. 기분 좋을 정도로.

그는 내 소설을 전부 읽었다고 말했다. "나와 너는 아마 사고방식도 다르고 지향하는 바도 다를 거야. 하지만 타인에게 무언가를 들려줄 수 있다는 건 역시 훌륭한 일이라고 나는 생각해." 그가 말했다.

성실한 의견이었다. "잘 들려줄 수 있다면 말이지만." 내가 말했다.

우리는 처음에는 이탈리아라는 나라에 대해 이야기했다. 열차 시각이 제멋대로라든가, 밥 먹는 데 시간을 너무 쓴다든가. 하지만 어쩌다 그렇게 됐는지는 기억나지 않는데, 두 병째 와인이 나올 무렵에는 그는 이미 그 이야기를 시작하고 있었다. 그리고 나는 때로 맞장구를 치면서 귀기울이고 있었다. 아마도 그는 한참 전부터 누군가에게 그 이야기를 하고 싶었을 테다. 그러나 아무에게도 하지 못했다. 그리고 만일 그곳이 중부 이탈리아 작은 마을의 느낌 좋은 레스토랑이 아니었다면, 와인이 향긋한 1983년산 콜티부오노가 아니고 난롯불이 타오르고 있지 않았다면, 그 이야기는 이야기되지 않고 끝났을지도 모른다.

하지만 그는 이야기했다.

"나는 옛날부터 스스로를 따분한 인간이라고 생각해왔어." 그는 말했다. "아주 어릴 적부터 발 뻗고 즐기지를 못하는 아이였지. 언제나 틀 같은 것이 내 주위에 보여서, 거기서 삐져나가지 않게 조심하면서 살았어. 눈앞에 늘 가이드라인이 보여. 친절한 고속도로 비슷한 거지. 어디어디 방면은 오른쪽 차선을 타라, 더 가면 커브가 있다, 추월 금지, 라든가. 그 지시를 따르면 틀림없이 잘 돼. 뭐든지. 그렇게 하면 다들 칭찬해줬어. 다들 감탄해줬어. 어렸을 때는 나처럼 다른 사람들도 그런 게 보이는 줄 알았어. 하지만 그렇지 않다는 걸 곧 알게 됐지."

그는 와인 잔을 불에 비추고 잠시 바라보았다.

"내 인생은, 적어도 초반부만 놓고 보면, 그런 의미에선 무척 순탄했어. 문제라 할 문제는 아무것도 없었어. 대신 내가 살아있는 의미 같은 걸 잘 알 수 없었어. 성장하면서 그런 답답한 마음이 차츰 강해졌어. 내가 뭘 원하는지, 그걸 모르는 거야. 슈퍼맨 증후군이지. 말하자면 수학도 잘하고 영어도 잘하고 체육도 잘하고, 뭐든지 잘해. 부모님도 칭찬해줘, 선생님도 문제없다고 말해, 좋은 대학에도 들어갈 수 있어. 하지만 정작 자신은 뭐가 적성에 맞는지, 뭘 하고 싶은지, 그걸 몰라. 대학 전공만 해도 뭘 선택해야 좋을지 도무지 모르겠더군. 법대에 가야 할지 공대에 가야 할지 아니면 의대에 가야 할지. 뭐든 좋았어. 뭐든 잘할 순 있었을 거야. 하지만 이거다 하는 게 없어. 그래서 부모님과 선생님 말씀대로 도쿄

대학 법대에 진학했어. 그게 제일 타당하다고 해서. 뚜렷한
지침이란 것이 없다고."

그는 와인을 또 한 모금 마셨다. "너 고등학교 시절 내 여
자친구 기억하려나?"

"후지사와, 였던가" 하고 나는 이름을 어찌어찌 떠올려 말
했다. 썩 자신 없었는데, 맞은 모양이었다.

그가 고개를 끄덕였다. "그래, 후지사와 요시코. 그애 일
만 해도 그랬어. 난 그애를 좋아했어. 그애와 함께하면서 여
러 가지 이야기를 나누는 게 좋았어. 나는 내 마음속에 있는
걸 전부 터놓을 수 있었고, 그애도 내가 하는 말을 잘 이해해
줬어. 할 말이 끊이지 않았지. 그건 정말 멋진 일이었어. 왜
냐하면 그애를 만날 때까지 내게는 진지하게 대화할 수 있는
친구가 한 명도 없었거든."

그와 후지사와 요시코는 말하자면 정신적 쌍둥이였다. 두
사람이 자란 환경은 기묘할 만큼 비슷했다. 둘 다 이목구비
가 아름답고 성적이 좋고 타고난 리더였다. 자기 반의 슈퍼
스타였다. 어느 쪽 가정도 유복했고, 부모님 사이가 나빴다.
어머니 쪽이 조금 연상이고, 아버지는 밖에 여자를 만들어

집에 변변히 들어오지 않았다. 이혼하지 않은 것은 남의 눈을 의식해서였다. 가정에서는 어머니가 권력을 쥐었다. 무얼 하건 일등을 하는 게 당연하다고 여겨졌다. 두 사람에게는 친한 친구가 없었다. 둘 다 인기는 있었다. 하지만 친구라 할 만한 친구가 없었다. 어째서인지는 모른다. 아마 평범하고 불완전한 인간은 자신들과 마찬가지로 불완전한 인간을 친구로 택하는 것이리라. 그들은 항상 고독했고 항상 긴장을 강요받았다.

하지만 우연한 계기로 두 사람은 친해졌다. 둘은 마음을 터놓았고 이윽고 연인이 되었다. 늘 같이 점심을 먹고, 같이 하교했다. 틈이 나면 어깨를 나란히 하고 이야기했다. 해야 할 말은 산더미처럼 있었다. 일요일에는 같이 공부했다. 두 사람은 단둘이 있을 때 가장 편안했다. 서로의 마음속이 손바닥 보듯 보였다. 지금껏 품어왔던 고독감과 상실감과 불안, 그리고 어떤 꿈 같은 것에 대해 그들은 물리지 않고 이야기를 주고받았다.

둘은 일주일에 한 번 페팅을 하게 되었다. 대개 어느 한쪽 집 방에서 했다. 양쪽 다 집에 별로 사람이 없어서(아버지는 부재했고, 어머니는 볼일이 많아 밖으로 돌았다) 어려운 일은 아

니었다. 그들의 규칙은 옷을 벗지 않는 것이었다. 그리고 손
가락만 사용했다. 그런 식으로 딱 십 분이나 십오 분 맹렬히
서로를 탐하고, 그 뒤에는 한 책상에 둘이 나란히 앉아 공부
했다.

"자, 이만하면 됐지? 슬슬 공부하자"라고 그녀는 치맛자락
을 바로잡으며 말했다. 둘은 성적이 비슷했기에 게임하듯 공
부를 즐길 수 있었다. 수학 문제를 누가 빨리 푸는지 시합하
기도 했다. 공부는 그들에게 전혀 고통이 아니었다. 말하자
면 그들에게는 제2의 천성 같은 것이었다. 아주 즐거웠어,
라고 그는 말했다. 시시하다고 생각할지 몰라도, 즐거웠어.
그런 재미는 아마 우리 같은 인간이 아니면 모를 거야.

하지만 그가 그런 관계에 완전히 만족했던 것은 아니다.
무언가가 결여되었다고 느꼈다. 그렇다, 그는 그녀와 자고
싶었다. 진짜 섹스를 그는 원했다. '육체적 일체감'이라고 그
는 표현했다. 나에겐 그게 필요했어. 거기까지 감으로써 우
리는 더 해방되고 더 서로를 이해할 수 있다고 생각했어. 내
게는 극히 자연스러운 마음의 추이였지.

하지만 그녀는 전혀 다른 관점으로 상황을 바라보고 있었
다. 그녀는 입을 다물고 조그맣게 고개를 저었다. "너는 무척

좋아해. 하지만 나는 결혼할 때까지는 순결을 지키고 싶어"
라고 그녀는 나직한 목소리로 말했다. 그리고 그가 온갖 말
로 아무리 설득해도 귀담아 들으려 하지 않았다.

"널 좋아해, 아주 많이. 하지만 그것과 이건 전혀 별개야.
내 입장은 확고부동해. 미안하다고는 생각하지만, 참아줘.
부탁이야. 나를 정말로 좋아한다면 참을 수 있잖아?"

저쪽이 그렇게 말하면 존중할 수밖에, 라고 그는 내게 말
했다. 그건 삶의 태도 문제니까, 이쪽도 막무가내로 억지를
쓸 순 없어. 나 자신은 상대가 순결하냐 어떠냐는 그리 중요
하지 않았어. 만일 내가 결혼한 상대가 순결하지 않았다 하
더라도 별로 신경쓰지 않았을 거라 생각해. 난 딱히 급진적
사고방식을 가진 인간도 아니고 몽상가도 아니지만, 그렇
다고 보수적이지도 않거든. 난 그저 현실적일 뿐. 순결 같은
것, 나한테는 특별히 중요한 현실 문제가 아니야. 중요한 건
남자와 여자가 서로를 제대로 이해하는 거지. 난 그렇게 생
각했어. 하지만 그건 어디까지나 내 의견이니까. 강요는 못
해. 그애에게는 그애가 그리는 인생의 모습이 있으니까. 그
래서 참았어. 줄곧 옷 속에 손을 넣어 페팅했어. 대개 어떤
건지 알지?

알지, 나는 말했다. 내게도 기억이 있다.

그는 조금 얼굴을 붉혔다. 그리고 미소 지었다.

그건 그것대로 나쁘지 않아. 하지만 거기 멈춰 있는 한 내 마음은 편해지지 않았어. 내게 그건 어디까지나 도중에 지나지 않아. 내가 원한 건 아무것도 숨기지 않고 그애와 하나가 되는 거였어. 소유하고, 소유되는 것. 그런 증표를 갖고 싶었어. 물론 성욕도 있지. 하지만 그게 다는 아니야. 내가 말하는 건 육체적 일체감이야. 나는 태어나서 지금까지 그런 일체감을 한 번도 느낀 적 없었어. 항상 혼자였지. 그리고 항상 어떤 틀 속에서 긴장한 상태였어. 나는 나를 해방하고 싶었어. 나를 해방함으로써 지금껏 어슴푸레하게만 보였던 자기 모습을 발견할 수 있을 것 같았어. 그애와 딱 하나로 맺어짐으로써 지금까지 나라는 인간을 규제해온 틀을 걷어낼 수 있을 것 같았어.

"하지만 못 했다?" 내가 물었다.

"응, 못 했어." 그가 말했다. 그리고 잠시 난로 안에서 타오르는 장작을 지그시 바라보았다. 눈빛이 묘하게 평평했다. "마지막까지 못 했어." 그가 말했다.

그는 그녀와의 결혼을 진지하게 생각해보기도 했다. 그리고 그 말을 과감하게 꺼내보았다. 대학을 졸업하면 우린 바로 결혼할 수 있어. 아무 문제 없어. 약혼이라면 더 빨리도 가능하고. 그녀는 한동안 그의 얼굴을 가만히 바라보았다. 그러고는 미소를 떠올렸다. 정말이지 멋진 미소였다. 그녀가 그의 말을 기쁘게 생각하는 건 분명했다. 하지만 그건 또 동시에 인생 선배가 손아래 인간의 미숙한 정론을 들을 때 떠올릴 법한, 어딘지 쓸쓸한, 그리고 여유 있는 미소이기도 했다. 적어도 그는 그렇게 느꼈다. 있지, 그건 무리야. 나와 너는 결혼할 수 없어. 나는 몇 살쯤 연상인 사람과 결혼하고, 너는 몇 살쯤 연하인 사람과 결혼하는 거야. 그게 세상의 평범한 흐름이야. 여자는 남자보다 성장이 빨라. 그리고 노화도 빠르지. 너는 아직 세상을 잘 모르는 거야. 우리가 대학을 졸업하고 바로 결혼해도, 잘 안될 거야. 분명 지금처럼은 지낼 수 없을 거야. 물론 나는 너를 좋아해. 태어나서 너 말고 좋아했던 사람은 없어. 하지만 그것과 이건 별개야(**그것과 이건 별개**라는 것이 그녀의 입버릇이었다). 우린 지금 고등학생이고, 여러 면에서 아직 든든히 보호받고 있어. 하지만 바깥 세계는 그렇지 않아. 더 크고, 더 현실적이야. 우린 그에 대비

해야 해.

그녀가 무슨 말을 하려는지는 그도 이해할 것 같았다. 그도 또래 남자에 비하면 훨씬 현실적 사고방식을 가진 인간이었다. 그리고 만일 다른 기회에 일반론으로서 그런 의견을 들었다면 어쩌면 찬동했을지 모른다. 하지만 이건 일반론이 아니었다. 그 자신의 문제였다.

난 이해가 안 돼, 그는 말했다. 난 너를 매우 사랑하고 너와 하나가 되고 싶어. 이건 무척 확실하고, 나한테는 아주 중요한 일이야. 설령 거기에 현실과 맞지 않는 부분이 포함되어 있다 해도 솔직히 대단한 문제는 아니라고 생각해. 나는 그만큼 너를 좋아해. 사랑하고 있어.

그녀는 다시 고개를 저었다. 하는 수 없어, 라고 말하는 것처럼. 그리고 그의 머리카락을 어루만졌다. 사랑에 대해 우리가 뭘 알겠어, 그녀는 말했다. 우리 사랑은 아직 시험에 든 적조차 없어. 우린 어떤 책임도 수행하고 있지 않아. 아직 어린애라고. 너도 나도.

그는 아무 말도 할 수 없었다. 그저 슬펐다. 자신의 주위를 둘러싼 벽을 돌파하지 못한 것이 슬펐다. 조금 전까지만 해도 그 틀은 그를 보호하기 위해 존재한다고 생각했다. 하지만 지금은 그가 가려는 길을 가로막고 있었다. 자신의 무력함을 통감하지 않을 수 없었다. 나는 이제 아무것도 못 하겠구나, 그는 생각했다. 나는 아마 이대로, 이 두꺼운 벽에 둘러싸인 채 밖으로 나가지 못하고 덧없이 나이 먹겠지.

결국 두 사람은 고등학교를 졸업할 때까지 줄곧 그런 관계를 이어갔다. 도서관에서 만나 같이 공부하고, 옷을 입은 채 페팅했다. 그녀에게 그 관계의 불완전성은 거의 신경쓰이지 않는 기색이었다. 어쩌면 그녀는 그런 불완전성을 즐기는 것처럼 보이기조차 했다. 주위에서는 두 사람이 아무 문제 없이 청춘을 보낸다고 믿었다. 미스터 클린과 미스 클린. 오로지 그만 석연치 않은 생각을 계속 품고 있었다.

그리고 1967년 봄 그는 도쿄 대학에 입학하고, 그녀는 고베의 품위 있는 여자대학에 들어갔다. 여자대학 중에는 확실히 일류였지만, 그녀의 성적으로 보면 미흡한 선택이었다. 마음먹으면 그녀는 도쿄 대학도 갈 수 있었다. 하지만 수험도 치르지 않았다. 불필요하다는 게 그녀의 생각이었다. 나는 특별히 공부를 하고 싶은 게 아니야. 오쿠라쇼^{현재의 재무성}에 들어가고 싶은 것도 아니고. 난 여자애야. 너하고는 달라.

넌 더 높이 올라갈 사람이야. 하지만 난 지금부터 사 년 동안 좀 느긋하게 지내고 싶어. 응, 잠시 쉬는 거라고. 그러게 결혼해버리면 아무것도 못 하잖아?

그는 낙담했다. 그는 둘이 도쿄로 가서, 다시 한 번 새롭게 두 사람 관계를 재편성하고 싶었다. 그는 그렇게 말했다. 도쿄의 대학으로 오라고. 그러나 그녀는 역시 고개를 저었다.

대학 1학년 여름방학, 그는 고베로 돌아가 그녀와 매일 데이트했다(내가 교습소에서 그와 마주친 게 그해 여름방학이다). 그녀가 운전하는 차로 이곳저곳에 가서, 옛날과 다름없이 페팅했다. 하지만 둘 사이에서 무언가 변화하기 시작했음을 그는 알아차릴 수밖에 없었다. 현실의 공기가 소리도 없이 그곳에 스며들기 시작한 것이다.

무언가가 구체적으로 확 달라진 건 아니었다. 아니 오히려 달라진 게 너무 없었다. 그녀의 말투, 옷차림, 화제 선택이며 그에 대한 의견 — 그것들은 옛날과 거의 똑같았다. 그럼에도 그는 이전만큼 그 세계에 동화되지 못하는 느낌이었다. 무언가가 다르다는 기분이 들었다. 마치 진폭을 조금씩 잃으며 계속되는 반복 행위처럼 느껴졌다. 그 자체는 나쁘지 않다. 그러나 방향을 알 수 없다.

아마 내가 달라졌는지도 몰라, 그는 생각했다.

도쿄 생활은 고독했다. 대학에서도 역시 친구는 사귀지 못했다. 거리는 비좁고 지저분했으며, 음식은 맛이 없었다. 사람들 말투는 품위 없었다. 적어도 그는 그렇게 느꼈다. 그래서 도쿄에 있는 내내 그녀를 생각했다. 밤이 되면 방에 틀어박혀 편지만 썼다. 그녀에게서도(그가 보낸 편지보다 훨씬 적기는 했을지언정) 답장이 왔다. 그녀는 자신의 일상생활을 상세히 적었다. 그는 그 편지들을 수없이 되풀이해 읽었다. 만일 그녀에게 편지가 오지 않았으면 한참 옛날에 머리가 이상해졌을지도 모른다고 생각했을 정도다. 그는 담배를 배우고 술을 마시게 되었다. 때로 강의를 빼먹는 일도 생겼다.

하지만 여름방학이 되어 기다렸다는 듯 고베로 돌아가보면 여러 모로 실망스러웠다. 신기하게도 고작 석 달 떠나 있었을 뿐인데, 눈에 들어오는 이것도 저것도 죄다 먼지가 앉고 생기를 잃은 것처럼 보였다. 어머니와의 대화는 죽을 만큼 따분했다. 도쿄에서는 애틋하게 생각했을 주위 풍경도 어쩔 도리 없이 추레해 보였다. 고베도 결국 자기 충족적인 지방 도시의 하나에 지나지 않았다. 타인과 말을 섞기 싫었고, 어릴 때부터 다니던 단골 이발소에 가기도 귀찮았다. 매일

개를 데리고 산책했던 해안조차 어쩐지 휑뎅그렁하고, 쓰레기만 눈에 들어왔다.

그녀와의 데이트도 기분을 띄워주지 못했다. 데이트하고 집에 돌아오면 번번이 혼자 생각에 잠기곤 했다. 대체 뭐가 잘못된 걸까. 물론 그녀를 여전히 사랑했다. 그 마음은 한 치도 변하지 않았다. 하지만 그것만으로는 미흡하다고, 무언가 손을 써야 한다고 그는 생각했다. 정열이란 어떤 시기에는 그 자체에 내재한 힘으로 나아간다. 그러나 그게 언제까지 계속되진 않는다. 지금 무언가 대책을 강구하지 않으면 우리 관계도 언젠가 벽에 부딪히고, 정열도 질식해 소멸해버릴지 모른다.

그는 어느 날, 줄곧 동결되어 있던 섹스 문제를 한 번만 더 꺼내보기로 했다. 마지막이라 생각하고 말해볼 작정이었다.

"석 달 도쿄에서 혼자 지내면서 내내 너를 생각했어. 난 너를 매우 사랑한다고 생각해. 아무리 떨어져 있어도 그건 변함없어. 하지만 줄곧 떨어져 지내면 이것저것 무척 불안해져. 어두운 생각이 차츰 부풀 때가 있어. 인간이 혼자 있으면 몹시 무너지기 쉽거든. 넌 분명 모르는 거야. 난 지금껏 이런 식으로 혼자가 된 일이 한 번도 없었어. 그리고 그건 매우 쓰

라린 일이지. 그래서 난 우리 사이에 확실한 연결 같은 걸 원해. 멀리 있어도 틀림없이 이어져 있다는 확신이 필요해."

그러나 그녀는 역시 고개를 저었다. 그리고 한숨을 쉬고, 그에게 입을 맞추었다. 매우 다정하게.

"미안해. 하지만 너에게 순결을 내어줄 순 없어. 그건 그거, 이건 이거야. 내가 할 수 있는 일은 뭐든 해줄게. 하지만 그것만은 안 돼. 나를 좋아한다면 이 얘기는 꺼내지 말아줘. 부탁이야."

그래도 그는 다시 한 번 결혼 이야기를 꺼냈다.

"우리 반에도 약혼한 애가 있어. 두 명뿐이지만." 그녀는 말했다. "하지만 상대방은 모두 번듯한 일을 하고 있어. 결혼을 약속한다는 건 그런 거야. 결혼은 책임이야. 자립해서 타인을 받아들이는 것. 책임지지 않고 무언가를 얻기란 불가능해."

"난 책임질 수 있어." 그는 확실히 말했다. "좋은 대학에도 들어갔잖아. 앞으로도 좋은 성적일 거야. 어느 회사건 어느 관청이건 들어갈 수 있어. 뭐든 할 수 있다고. 네가 원하는 곳에 일등으로 들어가 보일게. 마음먹으면 난 뭐든 할 수 있다고. 대체 뭐가 문제야?"

그녀는 눈을 감고 머리를 자동차 시트에 갖다 댔다. 그러고는 한동안 잠자코 있었다. "난 무서워." 그녀가 말했다. 그리고 얼굴을 양손에 묻고 울었다. "정말 무서워. 무서워서 견딜수 없어. 인생이 무섭다고. 살아가는 게 무섭다고. 앞으로 몇년 후면 현실 속으로 나가야 한다는 게 무서워. 어째서 넌 그걸 몰라? 왜 그걸 조금도 이해 못 해줘? 왜 이렇게 날 못살게 굴어?" 그는 그녀를 끌어안았다. "내가 있으면 무서울 것 없어." 그는 말했다. "나도 사실은 무서워. 너랑 똑같아. 하지만난 너와 함께라면 두려워하지 않고 해낼 수 있어. 둘이 힘을 합치면 아무것도 무섭지 않아."

그녀는 고개를 저었다. "넌 몰라. 난 여자야. 너와는 다르다고. 너는 그걸 모르는 거야, 전혀."

그 이상은 무슨 말을 해도 소용없었다. 그녀는 한참을 울었다. 이윽고 울음을 멈춘 뒤 묘한 말을 했다.

"있지, 만일인데…… 만일 너와 헤어지게 돼도 너는 언제까지나 기억할게. 정말이야. 결코 잊지 않을게. 난 네가 정말로 좋으니까. 너는 내가 처음 좋아했던 사람이고, 함께 있는 것만으로도 무척 즐거웠어. 그건 알아줘. 다만 그것과 이건 별개야. 만일 뭐라도 약속을 원한다면, 약속할게. 나 너와 잘 거야. 하지만 지금은 안 돼. 내가 누군가와 결혼한 뒤에 너랑 잘게. 거짓말 아니야, 약속해."

"그녀가 대체 무슨 말을 하려는 건지, 그때 나는 전혀 몰랐어." 그는 난롯불을 바라보면서 말했다. 종업원이 메인 요리를 가져왔고, 그 김에 난로에 장작을 더 넣고 갔다. 불똥이 소리 내며 튀었다. 옆 테이블에서는 중년부부가 열심히 디저트를 고르고 있었다. "영문을 알 수 없더군. 마치 수수께끼 풀이 같았어. 집에 돌아와 그녀가 한 말을 떠올리고 찬찬히 곱씹어봤지만 도무지 무슨 생각인지 이해할 수 없었어. 넌 알려나?"

"요컨대 결혼할 때까지 순결을 지키겠지만, 결혼하면 더는 순결도 의미가 없으니까, 너와 바람피우는 건 상관없다, 그러니 그때까지 기다려라 하는 말일까?"

"아마 그런 걸 테지. 그렇게밖에 생각할 수 없잖아."

"유니크한 발상이긴 한데, 일단 논리는 통하네."

그는 입술에 상냥한 미소를 머금었다. "맞아, 일단 논리는 통하지."

"순결을 지킨 채 결혼한다. 유부녀가 되어 딴 남자를 만난다. 옛 프랑스 소설 같은걸. 무도회니 심부름꾼이니 같은 게 없을 뿐."

"하지만 그게 그녀가 생각할 수 있는 유일한 현실적 해결책이었어." 그가 말했다.

"안쓰럽네." 내가 말했다.

그는 잠시 내 얼굴을 바라보았다. 그러고는 천천히 고개를 끄덕였다. "안쓰럽지. 정말 그래. 네 말대로야. 넌 제대로 알아주는구나." 그는 다시 한 번 고개를 끄덕였다. "지금이라면 나도 그렇게 생각할 수 있어. 나도 그런대로 나이를 먹었으니까. 하지만 그때는 정말이지 그런 생각은 못 했어. 난 그저 한참 어린애였지. 인간의 마음 저마다의 사소한 떨림이라는 걸 아직 전혀 이해하지 못했어. 그래서 마냥 놀랐을 뿐이야. 솔직히, 진짜 놀라자빠질 뻔했다고."

"뭔지 잘 알아." 내가 말했다.

그 뒤 한동안 우리는 묵묵히 버섯 요리를 먹었다.

"예상되는 일이겠지만." 그는 조금 뒤 말했다. "나와 그녀는 결국 헤어졌어. 한쪽이 말을 꺼내서 헤어진 것도 아니야.

이른바 자연스럽게 끝나버렸어. 무척 조용히. 분명 나도 그녀도, 그런 관계를 유지하는 데 지쳤던 게지. 내가 보기에 그녀가 사는 태도는 뭐랄까 — 썩 성실하진 않은 것 같았어. 아니다, 정확히 말하자면 그녀는 좀 더 제대로 살 수 있을 터라고 난 느꼈거든. 그래서 조금 실망해버렸지 싶어. 순결이다, 결혼이다, 그런 것만 생각할 게 아니라 인생을 한결 자연스럽고 여유 있게 살아야 하지 않나 하고."

"하지만 그렇게밖에 할 수 없었던 거겠지." 내가 말했다.

그는 고개를 끄덕였다. "맞아. 그랬을 거야." 그러고는 두툼한 버섯을 잘라 입으로 가져갔다. "탄력성이 없어지는 거지. 그건 내가 잘 알아. 어느 지점에서 늘어져버려. 내게도 그럴 가능성은 있었어. 우린 어려서부터 내몰리잖아. 앞으로 가, 앞으로 가, 하고. 그리고 어중간하게 능력이 되는 만큼 시키는 대로 앞으로 가고 말지. 하지만 자아 형성이 그걸 못 따라가. 그리고 어느 날 늘어져버리는 거야. 모럴 같은 것이."

"네 경우는 그렇지 않았구나?" 나는 물어보았다.

"난 어찌어찌 극복했지 싶어." 그는 조금 생각한 뒤 그렇게 말했다. 그러고는 나이프와 포크를 내려놓고, 냅킨으로 입을 닦았다. "그녀와 헤어진 뒤, 도쿄에서 연인이 생겼어. 좋은 아이였어. 우린 한동안 동거했어. 솔직히 그 관계에서 후지사와 요시코 때 같은 마음의 떨림은 없었어. 그래도 난 그애를 역시 무척 좋아했어. 우린 서로 잘 이해했고, 매우 솔직하게 사귈 수 있었지. 인간이란 무엇이고, 어떤 아름다움과 어떤 약점을 지니는지, 나는 그애에게 배울 수 있었어. 그리고 친구도 생겼어. 정치적 관심도 갖게 됐고. 그렇다고 내 인간성이 확 바뀌었단 말은 아니야. 난 줄곧 현실주의자였고 지금도 아마 그럴걸. 난 소설을 쓰지 않고, 넌 가구를 수입하지 않지. 그런 거야. 하지만 나는 대학에서 세계에는 여러 현실성이 있다는 걸 배웠어. 세상은 넓고, 다양한 가치관이 평행 존재한다, 꼭 우등생이어야 할 필요는 전혀 없다. 그리고 사회에 나왔지."

"그리고 성공했다."

"뭐." 그는 말했다. 그러고는 약간 겸연쩍은 듯 한숨을 쉬었다. 그리고 의미심장한 눈빛으로 나를 바라보았다. "또래 인간에 비하면 확실히 나는 수입이 월등히 많을 거야. 실제로 따지자면." 그렇게만 말하고 그는 다시 한동안 침묵했다.

하지만 이야기가 끝난 게 아니라는 건 알았으므로 나는 조용히 다음 말을 기다렸다.

"그 뒤로 후지사와 요시코는 한 번도 안 만났어." 그는 말을 이었다. "단 한 번도. 난 대학을 졸업하고 종합상사에 들어갔어. 거기서 오 년쯤 일했어. 해외에 주재로 나가기도 했어. 매일 바빴지. 대학 졸업하고 한 이 년 됐을 때 그녀가 결혼했다는 얘길 들었어. 어머니가 알려주시더군. 상대가 누구인지까지는 묻지 않았어. 그 얘길 듣고 제일 처음 떠오른 생각은 그녀가 결혼할 때까지 정말로 순결을 지켰을까, 하는 거였어. 우선 그 생각부터 나더라. 그런 다음 조금 서글퍼졌어. 다음 날엔 더 서글퍼졌고. 뭔가 여러 가지가 끝나고 말았다는 기분이 들었어. 등 뒤에서 문이 영원히 닫혀버린 기분. 뭐 당연하지. 나는 그녀를 정말 좋아했거든. 그녀와는 사 년쯤 사귀었어. 나는, 적어도 내 쪽은, 결혼까지 생각했다고. 그녀는 내 청춘 시절의 무척 커다란 부분을 차지했어. 서글퍼지는 건 당연해. 하지만 뭐 그녀가 행복하다면 됐다고 생각했지. 정말 그렇게 생각했어. 나는 뭐랄까, 그녀가 약간 걱정이었으니까. 그애한테는 어딘가 무너지기 쉬운 부분이 있었어."

종업원이 우리 접시를 거둬갔다. 그리고 디저트 왜건을 가져왔다. 우리는 디저트는 생략하고 커피를 주문했다.

"난 결혼이 늦었어. 결혼한 건 서른두 살 때야. 그러니까 후지사와 요시코에게서 전화가 왔을 때 난 아직 독신이었지. 스물여덟이었나, 아마. 생각해보면 벌써 십 년도 더 전이네. 다니던 회사를 그만두고 막 독립한 참이었어. 아버지에게 담보를 빌려 대출받아 작은 회사를 시작했지. 나는 앞으로는 수입가구 시장이 반드시 발전할 거라고 내다봤어. 그런데 뭐든 그렇지만, 처음부터 일이 착착 풀릴 리 없잖아. 납품은 늦어지고, 재고는 쌓이고, 창고 비용은 늘어나고, 대출금 변제일은 다가오고, 그땐 솔직히 나도 좀 지쳐서 자신을 잃기 시작했어. 지금까지 인생에서 내가 가장 약해졌던 시기인지도 몰라. 마침 그때 그녀가 전화를 걸어왔어. 내 전화번호를 어떻게 알아냈는지는 몰라. 아무튼 저녁 8시쯤 전화가 걸려왔어. 후지사와 요시코의 목소리란 건 바로 알았지. 그런 건 잊히는 게 아니거든. 애틋했어, 무척. 난 마음이 약해져 있었고, 그런 때 옛 연인의 목소리를 듣는 건 좋은 일이지."

그는 무언가 떠올리는 듯 난로 안의 장작을 지그시 바라보았다. 그러고 보니 레스토랑은 어느새 만석이었다. 사람들의 말소리와 웃음소리, 식기 부딪히는 소리가 가게 안에 가득했다. 손님은 대부분 그 고장 사람들 같았다. 많은 손님이 종업원을 이름으로 불렀다. 주세페! 파올로!

"어디서 들었는지 몰라도 그녀는 나에 대해 낱낱이 알고 있었어. 내가 아직 독신인 것도, 줄곧 해외에 주재했던 것도. 일 년 전 회사를 나와 독립한 것도. 다 알더라고. 괜찮아, 너라면 잘 해낼 거야. 자신을 가져, 라고 그녀는 말해줬어. 넌 꼭 성공할 거야. 못할 리 없잖아. 그 말 들으니 무척 기쁘더라. 상냥한 목소리였어. 난 할 수 있다고 새삼 생각했어. 그녀의 목소리가 내게 과거의 자신감을 상기시킨 거야. 이 현실이 번듯한 현실인 이상 반드시 살아남을 수 있다고 생각했지. 세상은 내 편이라고." 그는 그렇게 말하고 웃었다. "그 뒤 난 그녀에 대해 물었어. 어떤 사람과 결혼했는지, 아이는 있는지, 어디 사는지 같은 거. 그녀에게 아이는 없었어. 결혼한 상대는 네 살 연상으로 텔레비전 방송국에 근무한다더군. 디렉터래. 바쁘겠네, 라고 나는 말했어. 바빠, 아이 만들 틈도 없을 정도로, 라고 그녀는 말했어. 그리고 웃었어. 그녀는 도쿄에 살고 있었어. 시나가와의 맨션에. 난 그 무렵 시로카네다이에 살았지. 한동네라고 할 순 없지만 뭐 꽤 가깝지. 신기하네, 라고 나는 말했어. 뭐 그런 얘기가 오갔어. 지나간 고등학교 시절 연인이 그런 상황에서 할 법한 얘기는 전부 했다. 좀 어색하긴 했어도 즐거웠어. 결국 우린 한참 옛날에 끝나버린, 지금은 다른 길을 걷고 있는 정겨운 친구로서 대화한 거야. 그렇게 구김살 없이 얘기할 수 있었던 건 오랜만이었어. 꽤 오래 얘기했다. 그리고 서로 할 말을 모조리 해버리자 침묵이 찾아왔어. 뭐라고 할까…… 무척 짙은 침묵이야. 눈을 감으면 이것저것의 모습이 선명히 떠오를 것 같은 침묵이었어." 그는 테이블에 놓인 자신의 손을 잠시 바라보았다. 그러고는 얼굴을 들어 내 눈을 바라보았다. "나는 가능하다면 그쯤에서 전화를 끊고 싶었어. 연락 줘서 고마워, 너랑 얘기할 수 있어서 즐거웠어, 하는 식으로. 그건 알겠어?"

"현실성이라는 관점에서 보면 그게 제일 현실적일 테지." 나는 동의했다.

"하지만 그녀는 전화를 끊지 않았어. 그리고 나를 집으로 불렀어. 지금 놀러 오지 않을래, 하고. 남편은 출장 가서 없고, 혼자 따분하다더군. 나는 뭐라고 말해야 할지 몰라 입을 다물고 말았어. 그녀도 입을 다물었어. 잠시 침묵이 이어졌어. 이윽고 그녀가 이렇게 말했어. 나는 옛날에 너와 했던 약속을 아직 확실히 기억해, 라고."

나는 옛날에 너와 했던 약속을 아직 확실히 기억해, 라고 그녀는 말했다. 그는 한동안 무슨 의미인지 알 수 없었다. 그 뒤 불현듯 그녀가 언젠가, 자신이 결혼한 뒤라면 그와 자도 좋다고 했던 말을 떠올렸다. 아닌 게 아니라 그도 기억했다. 하지만 그걸 약속이라고 믿었던 적은 한 번도 없었다. 그녀가 그런 말을 한 건 그때 머릿속이 혼란했던 탓이려니 했었다. 혼란에 빠져, 뭐가 뭔지 알 수 없어져서 그런 말이 덜컥 나오고 말았다고.

그러나 그녀는 혼란에 빠졌던 게 아니었다. 그녀에게는 약속이었다. 엄연한 서약이었다.

그는 일순 방향감각을 잃고 말았다. 대체 어떻게 하는 것이 가장 올바른 일일까, 알 수 없었다. 그는 어쩔 줄 모르고 주위를 둘러보았다. 하지만 어디에도 틀은 보이지 않았다. 이미 무엇도 그를 이끌어주진 않았다. 물론 그녀와 자고 싶었다. 그야 말할 필요도 없었다. 헤어진 후에도 몇 번이고 그녀와 자는 걸 상상했다. 연인이 있던 시기에도, 어둠 속에서 여러 번 상상했다. 생각해보면 그는 그녀의 알몸도 본 적이 없었다. 그가 그녀의 육체에 대해 아는 것은 옷 속에 넣은 손끝의 감촉뿐이었다. 그녀는 속옷조차 벗지 않았다. 그 안에 손가락을 넣는 것만 허락했을 뿐이다.

그러나 지금 단계에서 그녀와 자는 것이 얼마나 위험한 일
인지 그도 알았다. 여러 가지를 망가뜨리게 될지도 몰랐다.
그리고 그는 자신이 과거의 어둠 속에 살그머니 내려놓고 왔
던 것을 여기서 새삼 흔들어 깨우고 싶진 않았다. 자신에게
적합한 행위가 아니라고 느꼈다. 거기에는 그와는 어울리지
않는, 무언가 명백히 비현실적인 요소가 섞여 있었다.

그러나 물론 그는 거절할 수 없었다. 어떻게 거절할 수 있
을까? 그것은 영원한 동화다. 짐작건대 평생에 한 번뿐인 완
벽한 페어리 테일이다. 그가 가장 상처받기 쉬운 시기를 함
께 보냈던 아름다운 여자친구가, 너와 자고 싶으니까 지금
집에 와달라고 한다. 그녀는 아주 가까운 곳에 살고 있다. 그
리고 그것은 먼 옛날 숲속 깊은 곳에서 은밀히 주고받은 전
설적 약속이었다.

그는 잠시 아무 말 하지 못하고 가만히 눈을 감고 있었다.
할 말을 찾을 수 없었다.

"여보세요." 그녀가 말했다. "……내 말 듣고 있어?"

"듣고 있어." 그가 말했다. "알았어. 지금 갈게. 삼십 분도
안 걸릴 거야. 집 주소를 가르쳐줘."

그는 맨션 이름과 집 호수와 전화번호를 받아썼다. 그리고 서둘러 면도하고, 옷을 갈아입고, 택시를 타고 그곳으로 향했다.

"너라면 어떻게 했어?" 그가 내게 물었다.

나는 고개를 저었다. 그런 어려운 질문에는 정말이지 대답할 수 없었다.

그는 싱긋 웃고 테이블 위의 커피 잔을 바라보았다. "나도 대답 안 하고 끝낼 수 있으면 그러고 싶었어. 하지만 그렇게는 안 됐어. 난 그 자리에서 결심해야 했어. 갈지, 안 갈지. 둘 중 하나야. 중간은 없어. 그리고 나는 갔어. 그 집 현관문을 두드렸어. 그녀가 거기 없으면 얼마나 좋을까 생각했지. 하지만 있었어. 그녀는 옛날과 다름없이 아름다웠어. 옛날과 다름없이 매력적이고 옛날과 다름없이 좋은 냄새가 났어. 둘이 술을 마시고, 옛날 얘기를 했어. 오래된 레코드까지 들었지. 그런 뒤 어떻게 됐을 것 같아?"

나는 짐작도 할 수 없었다. 짐작도 안 되는걸, 하고 나는 말했다.

"아주 옛날, 어릴 적에 동화를 읽었는데." 그는 한참 떨어진 건너편 벽을 쳐다보면서 말했다. "줄거리는 잊어버렸어. 하지만 마지막 한 줄만은 잘 기억해. 그도 그럴 게, 그렇게 이상하게 끝나는 동화는 처음이었으니까. 끝이 이래. '전부 끝난 뒤, 임금님도 신하들도 모두 배를 잡고 껄껄 웃었습니다.' 좀 괴상한 결말이라고 생각 안 해?"

"생각해." 내가 말했다.

"줄거리가 기억나면 좋을 텐데 아무래도 생각 안 나. 그 묘한 마지막 한 줄밖에 기억에 없어. '전부 끝난 뒤, 임금님도 신하들도 모두 배를 잡고 껄껄 웃었습니다', 대체 어떤 이야기였을까."

그 무렵에는 그도 나도 이미 커피를 다 마셨다.

"우린 끌어안았어." 그가 말했다. "하지만 자지 않았어. 나는 그녀의 옷을 벗기지 않았어. 예전처럼 손가락만 사용했어. 그게 제일 좋다고 생각했지. 그녀도 그게 제일 좋다고 생각한 것 같았어. 우린 아무 말 않고 오랫동안 페팅했어. 우리가 이해해야 할 것은 그렇게 함으로써만 이해할 수 있는 종류의 것이었어. 물론 옛날이었으면 달랐겠지. 우린 극히 자연스럽게 섹스함으로써 서로를 좀 더 알 수 있었을 거야. 그럼으로써 우린 좀 더 행복해졌을지도 몰라. 하지만 그건 이미 통과해버린 일이야. 일찍이 봉인되고 동결된 일이야. 누구도 이제 와서 그 봉인을 뜯을 수는 없어."

그는 빈 커피 잔을 접시 위에서 빙글빙글 돌리고 있었다. 꽤 한참 계속하는 바람에 종업원이 살펴보러 왔을 정도였다. 이윽고 그는 잔을 원래대로 돌려놓았다. 그리고 종업원을 불러 에스프레소를 한 잔 더 주문했다.

"그 집에 머문 건 다 해서 한 시간쯤일까. 확실히는 기억 안 나. 하지만 얼추 그 정도였지 싶어. 아마 그쯤일걸. 그 이상 거기 있었으면 나는 머리가 이상해지지 않았을까 생각해." 그는 그렇게 말하고 소리 없이 웃었다. "나는 그녀에게 안녕이라고 말하고 나왔어. 그녀도 내게 안녕이라고 말했어. 그리고 그건 정말 최후의 안녕이었어. 나도 알았고, 그녀도 알았지. 마지막에 봤을 때 그녀는 팔짱을 끼고 현관에 서 있었어. 그녀가 무언가 말하려 했어. 하지만 아무 말도 하지 않았어. 무슨 말을 하려 했는지, 나는 듣지 않고도 알 수 있었어. 나는 몹시…… 몹시 공허했어. 공동空洞 같았어. 주위의 소리가 이상하게 울렸어. 이것저것의 모습이 뒤틀려 있었어. 난 그 부근을 정처 없이 걸었어. 내가 지금껏 살면서 쓴 시간이 완전히 무의미한 소모였다는 생각이 들었어. 지금부터라도 그녀의 집으로 돌아가, 그녀를 마음껏 안고 싶었어. 하지만 그런 일은 할 수 없었어. 할 수 있을 리 없잖아."

그는 눈을 감고 고개를 저었다. 그러고는 내어온 두 잔째 에스프레소를 마셨다.

"이런 말 하기 창피하지만, 그길로 거리로 나가서 여자를 샀어. 여자를 산 건 난생처음이었어. 그리고 아마 그게 마지막일 거라 생각하고."

나는 한동안 내 커피 잔을 바라보았다. 그리고 내가 과거에 얼마나 오만한 인간이었는지, 그에 대해 생각했다. 나는 그 사실을 어떻게든 그에게 전하고 싶었다. 하지만 잘 전달할 수 없을 것 같았다.

"이렇게 얘기하고 보니 누군가 남의 신상에 일어난 일 같네." 그가 말하고 웃었다. 그리고 조금 생각에 잠긴 듯 침묵했다. 나도 침묵했다.

"전부 끝난 뒤, 임금님도 신하들도 모두 배를 잡고 껄껄 웃었습니다." 이윽고 그가 말했다. "나는 그때를 생각할 때마다 이 문장이 떠올라, 조건반사처럼. 내 생각에, 깊은 슬픔에는 언제나 약간의 해학이 담겨 있어."

생각건대, 처음에 말했다시피 이 이야기에 교훈이라 부를 만한 것은 없다. 하지만 이것은 그에게 일어났던 이야기이자 우리 모두에게 일어났던 이야기다. 그래서 나는 그 이야기를 듣고도 껄껄 웃지 못했고, 지금도 웃지 못한다.

가노 크레타

내 이름은 가노 크레타, 언니 가노 마르타의 일을 거들고 있다.

물론 나의 진짜 이름은 가노 크레타가 아니다. 이건 언니 일을 거들 때 쓰는 이름이다. 요컨대 업무상의 이름이다. 일하지 않을 때는 가노 다키라는 본명을 사용한다. 내가 크레타라는 이름을 대는 것은 언니가 마르타라는 이름을 대기 때문이다.

나는 아직 크레타 섬에 간 적은 없다.

때로 지도를 바라본다. 크레타는 아프리카에 가까운 그리스 섬이다. 개가 물고 있는 고기 뼈다귀처럼 울퉁불퉁하며 가느다랗게 생겼고, 유명한 유적이 있다. 크노소스 궁전이다. 젊은 영웅이 미로를 나아가 여왕을 구하는 이야기. 만일 크레타 섬에 갈 기회가 있으면 꼭 그곳에 가보고 싶다.

내 일은 언니가 물소리를 듣는 걸 거드는 것이다. 언니는 물소리를 듣는 일을 직업으로 삼고 있다. 사람 몸을 채우고 있는 물의 소리를 듣는다. 말할 필요도 없겠지만, 아무나 할 수 있는 일은 아니다. 재능도 필요하고 훈련도 필요하다. 국내에선 언니밖에 할 줄 아는 사람이 없을 것이다. 언니는 그 기술을 아주 오래전 몰타 섬에서 습득했다. 언니가 수행했던 장소에는 앨런 긴즈버그도 왔고, 키스 리처즈도 왔다. 몰타 섬에는 그런 특별한 장소가 있다. 그곳에서는 물이 매우 큰 의미를 지닌다. 언니는 거기서 몇 해나 수행했다. 그 뒤 일본에 돌아와, 가노 마르타라는 이름으로 인체의 물소리를 듣는 일을 시작했다.

우리는 산속에 오래된 단독주택을 빌려 둘이 살고 있다. 지하실도 있어서 언니는 전국 각지에서 가져온 여러 종류의 물을 거기 모아둔다. 도기 항아리에 담아 죽 늘어놓는다. 와인과 마찬가지로 물을 보존하기에는 지하실이 가장 적합하다. 내 역할은 그 물을 제대로 보존하는 일이다. 쓰레기가 떠 있으면 건져내고, 겨울에는 살얼음이 얼지 않도록 신경쓴다.

여름에는 벌레가 꾀지 않게 주의한다. 그다지 어려운 일은 아니다. 시간도 걸리지 않는다. 그래서 나는 하루의 대부분을 건축 도면을 그리면서 보낸다. 언니에게 손님이 오면 차를 내가기도 한다.

언니는 지하실에 보관한 물 항아리 하나하나에 매일 귀를 갖다대고, 그것들이 내는 미세한 소리를 귀담아듣는다. 매일 두 시간이나 세 시간쯤. 언니는 그렇게 해서 귀를 훈련한다. 하나하나의 물은 제각기 다른 소리를 낸다. 언니는 내게도 똑같이 시킨다. 나는 눈을 감고 온몸의 신경을 귀에 집중한다. 하지만 내 귀에는 물소리가 거의 들리지 않는다. 아마도 내게는 언니만 한 재능이 없는 것이다.

우선 항아리의 물소리를 들어. 그러다 보면 사람 몸속의 물소리도 들을 수 있게 되니까, 라고 언니는 말한다. 나도 열심히 귀를 기울인다. 하지만 아무것도 들리지 않는다. 아주 조금 들렸을까 싶은 일은 있다. 아득히 먼 곳에서 문득 무언가 움직인 듯한 기척을 느낀다. 작은 벌레가 두세 번 날개를 움직인 것 같은 소리가 들린다. 들린다기보다 공기가 매우 미미하게 떨린 정도다. 하지만 그것은 한순간에 사라져버린다. 숨바꼭질이라도 하듯이.

내게 그 소리가 들리지 않는 건 유감스런 일이라고 마르타
는 말한다. "너 같은 사람이야말로 몸속의 물소리를 제대로
들을 필요가 있단 말이지." 마르타는 말한다. 왜냐하면 나는
문제를 안고 있는 여자이기 때문이다. "네가 그걸 들을 수만
있다면." 마르타는 말한다. 그리고 고개를 젓는다. "만일 네
가 그걸 들을 수만 있다면 문제는 이미 해결된 거나 마찬가
진데." 마르타는 말한다. 언니는 나를 진심으로 걱정한다.

나는 분명 문제를 안고 있다. 그리고 그 문제를 아무래도
극복하지 못하고 있다. 남자들은 나를 보면 모두 예외 없이
범하려 든다. 누구든지 나를 보면 바닥에 넘어뜨리고, 허리
띠를 푼다. 왜 그런지는 모른다. 하지만 옛날부터 줄곧 그렇
다. 철들고 나서부터 내내 그랬다.

하긴 나도 내가 미인이라고 생각한다. 몸도 멋지다. 가슴
이 풍만하고 허리가 날씬하다. 거울을 보면 내 눈에도 섹시
하다. 길을 걸으면 남자는 모두 입이 헤벌어져서 나를 쳐다
본다. "그렇지만 세상의 예쁜 여자가 모두 한결같이 강간당
하진 않아"라고 마르타는 말한다. 맞는 말이라고 나도 생각
한다. 그런 일을 당하는 건 나뿐이다. 아마 내게도 책임이 있
을 테다. 남자가 그런 기분이 되는 건 내가 주뼛거리는 탓인

지도 모른다. 그래서 그걸 보면 모두 속이 부글거려서 절로 범하고 싶어져버리는지 모른다.

그런 연유로 나는 지금까지 아무튼 별의별 남자에게 범해져왔다. 억지로 폭력을 써서 범해졌다. 학교 선생님, 동급생, 가정교사, 외삼촌, 가스 검침원, 옆집 불을 끄러 온 소방대원까지. 아무리 피하려고 해도 소용없다. 나는 칼로 베이거나, 얼굴을 맞거나, 호스로 목을 졸리거나 했다. 그런 식으로 몹시 폭력적으로 범해진다.

그래서 나는 한참 전에 집 밖에 나가는 걸 그만두고 말았다. 그런 일이 계속됐다가는 언젠가 필경 살해당하고 만다. 나는 언니 마르타와 마을에서 떨어진 산에 틀어박혀, 지하실의 물 항아리를 관리하고 있다.

그러나 나는 딱 한 번 나를 범하려 한 상대를 죽인 일이 있다. 아니, 정확히 말하자면 죽인 건 언니다. 그 남자는 역시 나를 범하려 했다. 이 집 지하실에서다. 남자는 경찰관이었다. 그는 무언가 조사할 게 있어서 우리 집에 찾아왔지만, 문을 열자마자 일 초도 더 못 참겠다는 듯 제꺽 나를 넘어뜨렸다. 그리고 내 옷을 북북 찢고, 자신의 바지를 무릎까지 내렸다. 권총이 달각달각 소리를 냈다. 마음대로 해도 좋으니까 죽이지 말아요, 라고 나는 주뼛거리면서 말했다. 경찰관은 내 얼굴을 때렸다. 하지만 그때 마침 언니 마르타가 돌아왔다. 그녀는 소리를 듣고, 커다란 쇠지레를 한 손에 들고 왔다. 그리고 쇠지레로 경찰관의 뒤통수를 힘껏 내리쳤다. 퍽하고 무언가 움푹 꺼지는 것 같은 소리가 나고 경찰관은 정신을 잃었다. 그러자 언니는 부엌에서 칼을 가져와 참치 배를 가르듯이 경찰관의 목을 깨끗하게 갈랐다. 소리도 없이스윽 목이 베이고 말았다. 언니는 칼 가는 솜씨가 무척 좋다. 언니가 가는 칼은 늘 믿기지 않을 만큼 잘 든다. 나는 얼이빠져 그 광경을 보고 있었다.

"왜 그런 일을 해? 왜 목을 갈라버려?" 내가 물었다.

"일단 갈라두는 게 좋단 말이지. 뒤탈이 없거든. 좌우간 상대는 경찰관이니까. 귀신이 돼서 나오지 말란 법은 없다고." 마르타는 말했다. 언니는 매우 현실적으로 일을 처리한다.

무척 많은 피가 흘렀다. 언니는 그 피를 항아리 하나에 담았다. "피를 빼두는 게 제일"이라고 마르타는 말했다. "이래두면 뒤탈이 없어." 우리는 피가 전부 빠질 때까지 부츠를 신은 경찰관의 다리를 붙잡고 한참 동안 거꾸로 들고 있었다. 덩치가 커서 다리를 붙잡고 버티기가 여간 버겁지 않았다.

마르타가 힘이 세지 않았다면 정말이지 불가능했을 것이다. 그녀는 나무꾼처럼 체격이 크고 힘도 좋다. "남자가 널 덮치는 건 네 탓이 아니야." 마르타는 다리를 붙든 채 말했다. "네 몸속의 물 탓이지. 물이 네 몸에 맞지 않는 거야. 그래서 다들 그 소리에 이끌리는 거라고. 다들 속이 부글거리는 거야."

"하지만 어떻게 하면 그 물을 몸에서 몰아낼 수 있을까?" 내가 물었다. "나, 언제까지고 이런 식으로 남의 눈을 피해 몰래 살아갈 수는 없어. 이대로 인생을 끝내고 싶지 않아." 나는 사실은 바깥 세계에 나가서 살아가고 싶다. 나는 일급 건축사 자격을 보유했다. 통신교육으로 자격을 취득했다. 그리고 자격을 딴 뒤에는 여러 설계 대회에 응모해 상도 몇 개 탔다. 내 전문은 화력발전소 설계다.

"서둘러선 안 돼. 귀를 기울이는 거야. 그러는 사이 답이 들리니까." 마르타는 말했다. 그러고는 경찰관의 다리를 흔들어 마지막 피 한 방울까지 항아리 안에 떨어뜨렸다.

"하지만 우린 경찰관 한 사람을 죽이고 말았어. 대체 어쩌면 좋지? 발각되면 큰일이잖아." 내가 말했다. 경찰 살해는 중죄다. 사형 선고를 받을 수도 있다.

"뒤뜰에 묻어버리자." 마르타가 말했다.

그리하여 우리는 목을 가른 경찰관을 뒤뜰에 묻었다. 권총도 수갑도 클립보드도 부츠도 전부 묻어버렸다. 구덩이를 파는 것도, 사체를 옮기는 것도, 구덩이를 메우는 것도 죄다 마르타가 했다. 마르타는 믹 재거 목소리를 흉내 내어 〈고잉 투어 고 고〉를 부르면서 작업을 정리했다. 메운 뒤에 둘이서 흙을 밟아 다지고, 낙엽으로 덮어두었다.

물론 지역 경찰은 철저히 조사했다. 실종된 경찰을 찾기 위해 샅샅이 수색했다. 우리 집에도 형사가 찾아왔다. 이것저것 질문을 받았다. 하지만 단서는 발견되지 않았다. "괜찮아, 들킬 리 없다고." 마르타는 말했다. "목도 갈라두었고 피도 뺐어. 충분히 깊은 구덩이도 팠고." 그로써 우리는 한숨 돌렸다.

그러나 그다음 주부터, 죽인 경찰관의 유령이 집 안에 출몰하게 되었다. 경찰관 유령은 바지를 무릎까지 내린 채 지하실을 왔다갔다 했다. 권총이 달각달각 소리를 냈다. 모양새가 좀 꼴불견이라고 생각했지만, 어떤 모습을 하고 있건 유령은 유령이다.

"이상하네, 이런 일이 안 생기게끔 목을 틀림없이 갈라뒀는데." 마르타가 말했다. 나는 처음엔 그 유령이 무서웠다.

그 경찰관을 죽인 것은 우리니까. 그래서 언니 침대로 파고
들어 떨면서 잠들었다. "겁낼 것 없어, 저건 아무 짓도 못해.
여하튼 틀림없이 갈라줬고 피도 다 뺐다고. 그것도 안 섰잖
아." 마르타는 말했다.

그리고 그사이 나도 유령의 존재에 익숙해지고 말았다. 경
찰관 유령은 찢어진 목을 벌쭉거리며 왔다갔다 할 뿐이지,
무엇을 하는 것도 아니다. 그저 걸어다닐 뿐이다. 눈에 익어
버리면 딱히 별것도 아니다. 더는 나를 범하려 들지도 않는
다. 피도 다 빠졌고, 나를 범할 만한 힘도 이미 없다. 무어라
말하려 해도 구멍에서 공기가 쉭쉭 빠지니까 말을 전혀 못한
다. 분명 언니 말대로였다. 갈라두면 뒤탈이 없다. 나는 가끔
일부러 알몸으로 몸을 비틀거나 해서 그 경찰관 유령을 도발
해보았다. 다리도 벌려주었다. 야한 짓도 해보았다. 그런 야
한 짓을 내가 할 수 있으리라고는 정말이지 생각도 못할, 심
하게 야한 짓도, 실로 대담하게. 하지만 유령은 더는 아무것
도 느끼지 않는 듯했다.

그로써 나는 자신감이 크게 상승했다.

나는 주뼛거리기를 그만두었다.

"나 이제 주뼛거리지 않아. 아무도 무섭지 않아. 누구한테

도 당하지 않아." 나는 마르타에게 말했다.

"그럴지도 몰라." 마르타는 말했다. "하지만 넌 역시 네 몸의 물소리를 들어야 해. 그건 아주 중요한 일이거든."

어느 날 전화가 걸려왔다. 새로 건축되는 대형 화력발전소 설계를 맡아보지 않겠느냐는 권유다. 나는 가슴이 설렌다. 머릿속에서 새 발전소 도면을 몇 개나 그려본다. 나는 바깥 세계로 나가서 많은 화력발전소를 만들고 싶다.

"그래도 너, 밖에 나가면 또 험한 꼴을 당할지도 모르는데." 마르타는 말한다.

"그래도 나, 해보고 싶어." 나는 말한다. "처음부터 다시 한번 해보고 싶어. 이번엔 잘 될 것 같아. 난 이제 주뼛거리지 않으니까. 더는 당하지 않으니까."

마르타는 고개를 젓고, 별수 없네, 라고 말했다.

"그래도 조심해라. 방심은 금물이야." 마르타는 말했다.

나는 바깥 세계로 나왔다. 그리고 화력발전소를 몇 개나 설계했다. 나는 순식간에 그 분야의 일인자가 되었다. 내게는 재능이 있었던 것이다. 내가 만드는 화력발전소는 독창적이고 견실하며 고장 하나 없었다. 안에서 일하는 사람에게도 평판이 매우 좋았다. 누군가가 화력발전소를 만들려고 할 때는 반드시 내게 이야기를 가져왔다. 나는 금세 부자가 되었다. 나는 도시의 일등지에 빌딩 한 채를 통째로 사들여 최상층에서 살았다. 온갖 경보장치를 달고, 전자 잠금장치를 설치하고, 고릴라 같은 게이 경호원을 고용했다.

그렇게 해서 나는 우아하고 행복한 나날을 보냈다. 그 남자가 찾아올 때까지는.

굉장한 거구였다. 이글이글한 초록 눈을 가지고 있었다. 남자는 온갖 경보장치를 풀고, 잠금장치를 뜯어내고, 경호원을 때려눕히고, 내 방 문을 걷어찼다. 나는 그 앞에서 주뼛거리지 않았지만, 남자는 그런 건 안중에도 없었다. 그는 내 옷을 북북 찢고, 바지를 무릎까지 내렸다. 그리고 나를 강제로 범한 뒤, 내 목을 칼로 갈랐다. 무척 잘 드는 나이프였다. 그것은 마치 따뜻한 버터를 자르듯 내 목을 뻐끔히 가르고 말았다. 어찌나 매끈한지 나 자신도 베인 걸 잘 모를 정도였다. 그리고 어둠이 찾아왔다. 어둠 속에서 경찰관이 걷고 있었다. 그는 무언가 말하려 했지만, 목이 갈라져 있어서 바람 소리만 쉭쉭 나올 뿐이었다. 이윽고 나는 내 몸을 채운 물의 소리를 들었다. 그렇다, 정말 들린다. 작은 소리지만, 틀림없이 들렸다. 나는 내 몸속으로 내려가 그 벽에 살며시 귀를 대고, 방울져 떨어지는 희미한 물소리를 들었다. 레롯푸 · 레롯푸 · 리롯푸.

레롯푸 · 레롯푸 · 리롯푸.
내 · 이름은 · 가노 크레타.

좀비

남자와 여자가 길을 걷고 있었다. 묘지 옆으로 난 길이었다. 한밤중이다. 안개마저 끼어 있었다. 그들도 한밤중에 그런 곳을 걷고 싶진 않았다. 하지만 이런저런 사정으로 그곳을 지날 수밖에 없었다. 두 사람은 손을 꼭 잡고 잰걸음으로 걸었다.

"꼭 마이클 잭슨 비디오 같아." 여자가 말했다.

"응, 묘비가 움직이는 거지." 남자가 말했다.

그때 어디선가 끼이익 하고 무거운 물건이 움직이는 듯한 소리가 들렸다. 두 사람은 걸음을 멈추고 무심결에 마주 보았다.

남자가 웃었다. "괜찮아, 그렇게 심각해질 것 없어. 나뭇가지가 스친 거야. 바람이나 뭔가로."

그러나 바람 같은 것은 불지 않았다. 여자는 숨을 삼키고 주위를 둘러보았다. 몹시 불길한 느낌이 들었다. 사악한 일이 일어날 것 같은 예감이 들었다.

좀비다.

그러나 아무것도 보이지 않았다. 죽은 자가 되살아난 기미도 없었다. 두 사람은 다시 걷기 시작했다.

남자의 얼굴이 묘하게 굳어진 듯 느껴졌다.

"넌 왜 그렇게 볼썽사납게 걷는 걸까." 남자가 불쑥 말을 뱉었다.

"내가?" 여자가 놀라서 말했다. "나, 그렇게 볼썽사납게 걸어?"

"심하지." 남자가 말했다.

"그래?"

"안짱다리야."

여자는 입술을 깨물었다. 하긴 그런 경향이 조금 있는지도 모른다. 신발 굽이 다소 한쪽만 닳는다. 그렇다고 굳이 면전에서 그런 말을 들어야 할 만큼 심하진 않다.

그러나 그녀는 아무 말 하지 않았다. 그녀는 남자를 사랑했고, 남자도 그녀를 사랑했다. 둘은 다음 달에 결혼하기로 되어 있다. 재미없는 싸움을 하고 싶진 않았다. 나는 살짝 안 짱다리인지도 모른다. 그걸로 되지 않았나.

"안짱다리 여자와 사귄 건 처음이야."

"그래?" 딱딱한 미소를 떠올리며 여자는 말했다. 이 사람 취했나? 아니, 오늘은 술을 입에도 대지 않았을 터다.

"그리고 네 귓구멍 속에 사마귀 세 개 있거든." 남자가 말했다.

"어머, 그래?" 그녀는 말했다. "어느 쪽일까?"

"오른쪽. 오른쪽 귀 바로 안쪽에 사마귀가 셋 있어. 엄청 품위 없는 사마귀야."

"사마귀 싫어해?"

"품위 없는 사마귀는 싫어. 그런 걸 좋아하는 녀석이 세상 에 어디 있어?"

여자는 입술을 더욱더 꾹 깨물었다.

"그리고 가끔 암내도 나." 남자는 계속했다. "전부터 신경 쓰였다고. 처음 만난 게 만일 여름이었으면 너랑 사귀지 않 았어."

그녀는 한숨을 쉬었다. 그리고 잡고 있던 손을 놓았다.

"아니, 잠깐만. 말 그렇게 해도 돼? 너무 심하잖아. 당신 그
동안 그런……."

"블라우스 목깃도 꾀죄죄하고. 오늘, 지금 입고 있는 그거
말이야. 어째서 그렇게 칠칠맞지 못한지. 왜 뭐 하나 제대로
못 해?"

여자는 잠자코 있었다. 화가 나서 말도 나오지 않았다.

"알아? 너한테 하고 싶은 말이 산더미인 거. 안짱다리, 암
내, 꾀죄죄한 목깃, 귓속의 사마귀, 이건 극히 일부야. 맞다,
귀걸이는 왜 그렇게 어울리지도 않는 걸 하고 다녀? 무슨 매
춘부냐고. 아니, 차라리 매춘부가 훨씬 고상해. 그런 걸 하느
니 코뚜레를 하겠다. 네 이중턱에 딱이거든. 응, 이중턱 하니
까 생각났다. 너희 엄마, 진짜 돼지야. 꿀꿀 돼지. 그게 이십
년 후 네 모습. 식탐 많은 건 모녀가 똑같아. 돼지. 정말 아귀
아귀 처먹어. 아버지도 한심해. 한자도 제대로 못 쓰잖아. 저
번에 우리 부모님께 편지 보낸 모양인데, 모두 웃었거든. 글
자도 변변히 못 쓴다고. 초등학교도 못 나온 거 아니냐고, 그
사람. 형편없는 집이야. 문화적 슬럼이지. 그런 건 석유 끼얹
어 확 불질러버리면 좋은데. 비계 덕에 지글지글 잘 탈걸, 분
명."

"잠깐, 그렇게 맘에 안 들면 왜 나랑 결혼 같은 걸 해?"

남자는 그런 말에는 상대하지 않았다. "돼지야." 그는 말했다. "그리고 네 거기. 진짜 심각해. 내가, 체념하고 하기는 하는데, 이건 뭐 늘어날 대로 늘어난 싸구려 고무 같다고. 나라면 그런 걸 붙이고 있을 바에야 죽었다. 내가 여자고, 그딴 걸 달고 있었음 창피해서 죽었다고. 어떻게 죽든 좋아. 좌우지간 꽉 죽어버린다. 살아있는 게 수치야."

여자는 망연해서 그 자리에 멈춰 서 있었다. "당신 잘도 그런……."

그때 남자가 갑자기 머리를 감싸쥐었다. 그리고 고통스러운 듯 얼굴을 찡그리고 그 자리에 주저앉았다. 손톱으로 관자놀이를 쥐어뜯었다. "아파!" 남자가 말했다. "머리가 깨질 것 같아. 못 참겠어. 괴로워."

"괜찮아?" 여자가 말을 걸었다.

"안 괜찮아. 못 참겠다고. 피부가 타는 것처럼 화끈거려."

여자가 남자의 얼굴에 손을 갖다댔다. 얼굴이 불덩이처럼 뜨거웠다. 그녀가 얼굴을 살살 쓰다듬어보았다. 그러자 얇은 껍질 벗기듯 피부가 주르르 벗겨졌다. 그리고 밑에서 미끄덩한 붉은 살이 나타났다. 그녀는 숨을 삼키고 뒤로 물러섰다.

남자가 일어섰다. 그리고 히죽 웃었다. 그는 제 손으로 얼굴 피부를 술술 벗겨나갔다. 안구가 아래로 축 늘어졌다. 코는 그저 두 개의 어두운 구멍이 되었다. 입술이 사라지고 이가 드러났다. 그 이가 씩 웃었다.

"너랑 왜 사귀긴, 네 돼지 같은 살을 먹으려고 그랬지. 아니면 너 같은 애를 만나는 의미가 있냐고. 그런 것도 모르냐. 너 바보야? 바보야? 바보야? 헤헤헤헤헤헤."

그리고 그 살덩어리는 그녀를 쫓아왔다. 그녀는 달리고 또 달렸다. 하지만 등 뒤의 살덩어리로부터 도망칠 수 없었다. 묘지가 끝나는 곳에서 미끄덩한 손이 그녀의 블라우스 목깃을 붙들었다. 그녀는 목이 찢어져라 비명을 질렀다.

남자가 그녀의 몸을 안고 있었다.

그녀는 목이 칼칼했다. 남자는 싱긋 웃은 뒤 그녀를 바라보았다.

"왜 그래? 무서운 꿈 꿨어?"

그녀는 몸을 일으키고 주위를 둘러보았다. 두 사람은 호숫가 호텔의 침대에 누워 있었다. 그녀는 고개를 저었다.

"비명 질렀어, 나?"

"엄청." 그는 웃고 말했다. "어마어마하게 커다란 비명이었어. 호텔에 있는 사람 죄다 듣지 않았을까. 살인 사건이라고 생각하지 않으면 좋을 텐데."

"미안해." 그녀는 말했다.

"됐어, 딱히." 남자는 말했다. "나쁜 꿈이었어?"

"상상할 수 없을 만큼 나쁜 꿈."

"무슨 꿈인데?"

"말하고 싶지 않아." 그녀는 말했다.

"말하는 게 좋을걸. 누군가에게 얘기하면 그 파동 같은 게 사라져버리거든."

"됐어. 지금은 얘기하기 싫어."

두 사람은 잠시 침묵했다. 그녀는 남자의 맨가슴에 안겨 있었다. 멀리서 개구리 울음소리가 들렸다. 남자의 가슴은 천천히 확실하게 뛰고 있었다.

"있지." 여자는 문득 떠올리고 말했다. "나 물어볼 게 있는데."

"뭔데?"

"내 귀에 혹시 사마귀가 있어?"

"사마귀?" 남자는 말했다. "혹시 그거, 오른쪽 귓속에 있는 품위 없는 사마귀 세 개 말일까?"

여자는 눈을 감았다. 계속되는 것이다.

잠

1

　잠을 못 잔 지 벌써 십칠 일째다.

　불면증 얘기를 하는 게 아니다. 불면증이라면 조금은 안
다. 대학생 시절, 불면증 같은 것을 한 번 겪은 적 있다. '같은
것'이라고 말하는 건 그 증상이 사람들이 흔히 불면증이라
부르는 것과 합치하는지 어떤지 확신할 수 없기 때문이다.
병원에 가면 불면증인지 아닌지 정도는 알았을 것이다. 하지
만 나는 가지 않았다. 간다 한들 아마 아무런 소용없을 것 같
아서였다. 특별히 그렇게 생각할 근거가 있었던 건 아니다.
그저 직관적으로 그렇게 생각했다. 가도 별 뾰족한 수 없으
리라고. 그래서 병원도 찾지 않았고, 가족에게도 친구에게도
내내 입을 다물었다. 누군가에게 털어놓으면 병원에 가라는

말이 돌아올 게 분명했으니까.

한 달 정도 그 '불면증 같은 것'은 계속됐다. 그 한 달 동안, 나는 한 번도 제대로 된 잠을 맞이하지 못했다. 밤이 되어 침대에 들어가, 그럼 자볼까 생각한다. 그와 동시에 마치 조건반사처럼 잠이 깨고 만다. 아무리 잠을 청해도 헛일이다. 자려고 의식하면 할수록 외려 정신이 말똥말똥해진다. 술이나 수면제를 시험해봐도 전혀 효과가 없다.

새벽이 가까워서야 겨우 좀 잘 수 있으려나 싶다. 하지만 그것은 잠이라고 부를 만한 잠은 아니다. 나는 잠의 테두리 비슷한 것을 손끝에 간신히 느낀다. 그리고 나의 의식은 깨어 있다. 나는 어렴풋한 풋잠에 빠진다. 하지만 얇은 벽 너머에 있는 옆방에서 의식은 생생하게 깨어 나를 가만히 지켜보고 있다. 내 육체는 흐느적흐느적 어스름 속을 떠다니면서, 내 의식의 시선과 숨결을 바로 곁에서 쉼 없이 느낀다. 나는 잠들려고 하는 육체이고, 동시에 깨려고 하는 의식이다.

그런 불완전한 풋잠이 하루 종일 간헐적으로 이어진다. 머릿속에 늘 희미한 안개가 끼어 있다. 나는 사물의 정확한 거리며 질량이며 감촉을 정확히 인식하지 못한다. 그리고 졸음이 일정한 간격으로 파도처럼 밀려온다. 전철 좌석에서, 교

실 책상에서, 혹은 저녁 먹는 자리에서, 나는 알게 모르게 존
다. 의식이 내 몸에서 훌쩍 멀어진다. 세계가 소리도 없이 흔
들린다. 나는 여러 가지를 바닥에 떨어뜨리고 만다. 연필이
며 핸드백이며 포크가, 소리를 내며 바닥에 떨어진다. 차라
리 그 자리에 엎어져 곤히 잠들어버리면 좋겠다고 생각한다.
하지만 불가능하다. 각성이 늘 내 곁에 있다. 나는 그 싸늘한
그림자를 계속 느낀다. 나 자신의 그림자. 기묘하네, 하고
나는 풋잠 속에서 생각한다. 나는 나 자신의 그림자 속에 있
는 것이다. 나는 풋잠을 자며 걷고, 풋잠을 자며 밥을 먹고,
풋잠을 자며 대화를 나눈다. 하지만 신기하게도 주위 사람
누구도 내가 그런 극한 상태에 놓여 있는 걸 모르는 눈치였
다. 그 한 달 사이 나는 실로 몸무게가 6킬로그램이나 줄었
다. 그런데도 가족, 친구 누구 하나 알아차리지 못했다. 내가
내내 자면서 살아있었다는 것을.

　그렇다, 나는 말 그대로 자면서 살아있었다. 내 몸은 익사
체처럼 감각을 잃었다. 이것도 저것도 둔했고, 탁했다. 내가
이 세계에 살아서 존재한다는 상황 자체가 불확실한 환각처
럼 느껴졌다. 세찬 바람이 불면 내 육체는 세계의 끝까지 날
아가고 말리라 나는 생각했다. 세계의 끝에 있는, 듣도 보도

못한 땅으로. 그리고 내 육체는 내 의식과 영영 헤어져버리는 것이다. 그래서 나는 무언가에 단단히 매달리고 싶었다. 하지만 아무리 주위를 둘러봐도 매달릴 만한 것은 어디서도 눈에 띄지 않았다.

그리고 밤이 되면, 맹렬한 각성이 찾아왔다. 그 각성 앞에서 나는 철저히 무력했다. 나는 강한 힘으로 각성의 핵에 찰싹 고정되었다. 그 힘은 너무나 강력해서 내가 할 수 있는 것은 아침이 올 때까지 그저 가만히 깨어 있는 일뿐이었다. 나는 밤의 어둠 속에서 내내 깨어 있었다. 무언가를 생각하는 일조차 거의 불가능했다. 시계가 시간을 새기는 소리를 들으면서, 밤의 어둠이 조금씩 깊어지고 이윽고 다시 옅어져가는 광경을 나는 지그시 바라보았다.

그러나 어느 날 그것은 끝나버렸다. 아무 전조도 없이, 아무 외적 요인도 없이, 완전히 느닷없이 끝나버렸다. 아침 식탁에서 돌연 가무러칠 것처럼 잠이 쏟아졌다. 나는 아무 말하지 않고 자리에서 일어났다. 무언가를 테이블에서 떨어뜨렸지 싶다. 누군가가 무슨 말인가 했지 싶다. 하지만 아무것도 기억나지 않는다. 나는 비틀거리면서 내 방으로 갔고, 옷도 갈아입지 않고 침대로 파고들어 그대로 잠들어버렸다. 그리고 그로부터 스물일곱 시간 동안 쿨쿨 잤다. 어머니가 속이 타서 몇 번이고 나를 흔들었다. 뺨을 두드리기도 했다. 하지만 나는 일어나지 않았다. 스물일곱 시간, 나는 꿈틀도 하지 않고 잤다. 그리고 잠에서 깼을 때, 나는 원래의 나로 돌아가 있었다. 아마도.

어떤 이유로 불면증이 됐는지, 그리고 어떤 이유로 돌연 나아버렸는지 나로서는 알 수 없다. 그것은 멀리서 바람을 타고 온 두툼한 먹구름 같은 것이었다. 그 구름 속에는 내가 모르는 불길한 것이 가득 채워져 있다. 그것이 어디서 와서 어디로 떠나는지 아무도 알지 못한다. 하지만 어쨌거나 그것은 찾아왔고, 내 머리 위를 뒤덮었고, 그러고는 떠나갔다.

그러나 지금 내가 잠들지 못하는 건 그것과는 전혀 다르다. 하나부터 열까지 다르다. 나는 **그저 단순히** 잠을 못 잔다. 한숨도 못 잔다. 하지만 잠을 못 자는 것만 제외하면 지극히 멀쩡한 상태다. 조금도 졸리지 않을뿐더러 의식은 더없이 명료하다. 오히려 평소보다 명료하다고 해도 좋을 정도다. 몸에도 아무 이상 없다. 식욕도 건재하다. 피로도 느끼지 않는다. 현실적 관점에서 말하자면 문제라고는 없다. 잠을 못 잘 뿐이다.

남편도 아이도, 내가 한숨도 못 자는 걸 전혀 알지 못한다. 나도 굳이 말하지 않는다. 말을 꺼내면 병원에 가보라고 할 테니까. 그리고 나는 알고 있다. 병원에 간들 소용없다는 걸. 그래서 아무 말 하지 않는다. 오래전 불면증 때와 마찬가지다. 나는 그저 아는 것이다. 이것이 나 혼자 처리해야 할 종류의 일임을.

그래서 그들은 아무것도 모른다. 내 생활은 겉으로는 여느 때와 다름없이 흘러간다. 매우 평온하게, 매우 규칙적으로. 아침에 남편과 아이를 배웅한 뒤, 평소처럼 차를 몰고 장을 보러 간다. 남편은 치과의사로, 우리가 사는 맨션에서 차로 십 분쯤 가는 곳에 진료소를 가지고 있다. 그는 치과대학 시절 친구와 둘이서 진료소를 운영한다. 그러면 기공사도 접수 직원도 공동으로 고용할 수 있기 때문이다. 한쪽 예약이 가득 차면 다른 쪽이 환자를 받아줄 수도 있다. 둘 다 실력이 좋은 편이라, 거의 아무런 연고도 없이 그 자리에 개업해 오 년밖에 되지 않은 것치고 환자가 상당히 많다. 굳이 말하자면 너무 바쁠 정도다.

"나는 좀 더 느긋하게 하고 싶었지만. 그래도 뭐, 불평은 못 하지." 남편은 말한다.

그러게, 라고 나는 말한다. 불평은 못 한다. 그건 분명하다. 진료소를 열기 위해 우리는 당초 예상보다 많은 자금을 은행에서 대출받아야 했다. 치과 진료소는 고액의 설비 투자를 필요로 한다. 그리고 경쟁은 가혹하다. 진료소를 열면 이튿날부터 환자가 우르르 밀려드는 건 아니다. 환자가 오지 않아 문을 닫은 치과의원도 얼마든지 있다.

진료소를 열었을 때 우리는 아직 젊고 가난했으며, 갓난아이를 안고 있었다. 우리가 이 터프한 세계 속에서 과연 살아남을지 아무도 몰랐다. 하지만 오 년 들여, 우리는 그럭저럭 살아남았다. 불평은 못 한다. 대출금도 아직 삼분의 이 가까이 남았다.

"아마 당신이 핸섬해서 환자가 많은 거 아닐까"라고 나는 말한다. 늘 하는 농담이다. 내가 그렇게 말하는 건 그가 전혀 핸섬하지 않기 때문이다. 굳이 말하자면 남편은 이상하게 생긴 얼굴이다. 지금도 나는 이따금 생각하곤 한다. 어째서 이렇게 이상하게 생긴 사람과 결혼해버린 걸까, 내게는 더 핸섬한 남자친구도 있었는데.

그의 얼굴이 어떻게 이상한지 그럴듯하게 설명하기는 어

렵다. 물론 핸섬하지는 않지만, 그렇다고 못생긴 남자도 아니다. 이른바 분위기 있는 얼굴도 아니다. 솔직히 말해서 그저 '이상하다'라고밖에 표현할 길이 없다. 혹은 '종잡을 수 없다'라는 묘사가 가까울지도 모른다. 하지만 그것만이 아니다. 가장 중요한 포인트는 남편의 얼굴을 파악하기 힘들게 만드는 어떤 요소라고 생각한다. 그것을 파악하면 그 '이상함'의 전체상을 이해할 수 있지 않을까 싶다. 하지만 나는 아직 그걸 파악하지 못하고 있다. 한번은 무언가 필요한 사정이 있어서 그의 얼굴을 그려보려고 시도했다. 하지만 그리지 못했다. 연필을 쥐고 종이를 마주하자 남편의 얼굴이 전혀 떠오르지 않았다. 그래서 나는 꽤 놀라고 말았다. 이렇게 오랫동안 같이 살고 있는 사람 얼굴을 기억하지 못하다니. 물론 보면 안다. 머릿속에도 떠오른다. 하지만 막상 그리려고 하면 내가 아무것도 기억하지 못한다는 사실을 깨닫는다. 마치 보이지 않는 벽에 맞닥뜨린 것처럼 나는 어찌할 줄 모른다. 그저 이상하게 생긴 얼굴이라는 것밖에 기억나지 않는 것이다.

그 사실은 때로 나를 불안에 빠뜨린다.

하지만 그는 많은 사람에게 호감을 주었고, 말할 필요도 없지만 그건 그와 같은 직업에는 매우 중요했다. 치과의사가 아니라 어떤 일을 했어도 그는 성공했을 것이라고 생각한다. 많은 사람이 그와 이야기하다 보면 저절로 마음을 놓고 마는 모양이었다. 나는 남편을 만날 때까지 그런 타입의 사람을 한 번도 만나보지 못했다. 내 여자 친구들도 모두 그를 마음에 들어한다. 물론 나도 그를 좋아한다. 사랑한다고도 생각한다. 하지만 정확히 표현하자면 특별히 '마음에 드는' 것은 아니지 싶다.

뭐 어쨌거나 그는 어린애처럼 무척 자연스럽게 싱긋 웃을 줄 안다. 보통 성인 남자는 그렇게 웃지 못한다. 그리고 당연한지 모르지만, 매우 아름다운 치아를 가지고 있다.

"내가 핸섬한 건 내 잘못이 아니야"라고 남편은 말하고 미소 짓는다. 늘 같은 되풀이다. 우리 사이에만 통하는 시시한 농담이다. 하지만 그런 농담을 나눔으로써, 말하자면 사실을 서로에게 상기하는 것이다. 우리도 이렇게 어찌어찌 살아남았다는 사실을. 그리고 그건 우리에게는 제법 중요한 의식儀式이다.

그는 아침 8시 15분에 블루버드를 타고 맨션 주차장을 나간다. 아이를 조수석에 앉히고. 아이가 다니는 초등학교는 진료소로 가는 길에 있다. "조심해서 다녀와"라고 나는 말한다. "걱정 마"라고 그는 말한다. 매번 같은 말을 하고 또 한다. 하지만 나는 그렇게 말하지 않을 수 없다. 조심해서 다녀와, 라고. 그리고 남편은 이렇게 대답하지 않을 수 없다. 걱정 마, 라고. 그는 하이든인지 모차르트인지 모를 테이프를 카스테레오에 집어넣고, 멜로디를 흥얼거리면서 엔진을 스타트한다. 그리고 두 사람은 손을 흔들고 나간다. 둘은 기묘할 정도로 손 흔드는 모습이 닮았다. 똑같은 각도로 얼굴을 기울이고, 똑같이 손바닥을 이쪽으로 향하고, 작게 좌우로 흔든다. 마치 누군가에게 정확히 동작을 배운 것처럼.

　나는 내 전용 차로 중고 혼다 시티를 가지고 있다. 이 년 전, 친구에게 거의 거저나 다름없이 인수했다. 범퍼도 우그러졌고, 연식도 오래됐다. 여기저기 녹도 슬었다. 벌써 이럭저럭 십오만 킬로미터쯤 달린 차다. 때로, 한 달에 한 번이나 두 번쯤이지만 엔진이 극단적으로 나빠진다. 아무리 키를 돌려도 시동이 걸리지 않는다. 하지만 일부러 수리공장에 가져갈 정도는 아니다. 십 분쯤 어르고 달래는 사이 어찌어찌 엔진이 부릉 하고 기분좋은 소리를 내면서 움직이기 시작한다.

뭐 별수 없지, 나는 생각한다. 물건이건 사람이건 한 달에 한두 번쯤은 컨디션이 나빠지기도 하고, 이것저것 잘 풀리지 않을 때도 있는 법이다. 세상이란 그런 것이다. 남편은 내 차를 '당신 당나귀'라고 부른다. 하지만 누가 뭐라 하건 그것은 내 차다.

나는 그 시티를 타고 슈퍼마켓에 장을 보러 간다. 장을 보고 나면 청소와 세탁을 한다. 점심을 준비한다. 되도록 오전 중에 몸을 착착 움직이려고 노력한다. 가능하면 저녁 준비까지 끝내둔다. 그러면 오후가 송두리째 내 시간이 되는 까닭이다.

남편이 12시 지나서 밥을 먹으러 돌아온다. 그는 밖에서 사 먹는 걸 좋아하지 않는다. "붐비고, 맛도 없고, 옷에 담배 냄새가 배잖아"라고 말한다. 왕복 시간을 들여서라도 집에 와서 식사하는 쪽을 좋아한다. 어쨌거나 점심은 그다지 손이 가는 요리를 만들지 않는다. 전날 먹고 남은 것이 있으면 전자레인지에 데우고, 없으면 국수로 때운다. 그러니까 식사를 만드는 일 자체는 썩 대단한 품이 들지 않는다. 게다가 물론 나도 혼자서 말없이 먹기보다는 남편과 함께 먹는 편이 즐겁다.

더 예전, 진료소를 개원하고 얼마 지나지 않았을 무렵에는 오후 첫 예약이 차지 않는 일이 많았고, 그런 때 우리는 점심을 먹은 뒤 곧잘 침대로 갔다. 멋진 섹스였다. 주위는 조용하고, 따스한 오후의 햇살이 방에 흘러넘쳤다. 우리는 지금보다 훨씬 젊고, 행복했다.

　물론 지금도 행복하다고 생각한다. 가정에는 트러블의 그림자 하나 없다. 나는 남편을 좋아하고 신뢰한다. 아마 그럴 것이다. 남편도 마찬가지 아닐까. 하지만 별수 없는 일인데, 세월과 더불어 생활의 질은 조금씩 변화해간다. 그리고 지금은 오후 예약이 전부 메워진다. 그는 점심을 먹고 나면 세면대에서 이를 닦고, 냉큼 차를 타고 진료소로 돌아가버린다. 몇 천 개, 몇 만 개의 병든 치아가 그를 기다리는 것이다. 하지만 우리가 늘 서로에게 상기시키다시피, 배부른 소리는 못 한다.

　남편이 진료소로 가고 난 뒤, 나는 수영복과 수건을 챙겨 차를 타고 가까운 스포츠센터로 간다. 그리고 삼십 분쯤 수영을 한다. 제법 터프하게 헤엄친다. 딱히 헤엄치는 행위 자체를 좋아하는 것은 아니다. 내가 수영하는 건 그저 몸에 군살이 붙는 게 싫어서다. 나는 옛날부터 내 몸을 매우 좋아했다. 솔직히 말해서 내 얼굴을 좋아한 적은 한 번도 없다. 나쁘지는 않다고 생각한다. 하지만 좋아지지는 않는다. 그러나 나는 내 몸을 좋아한다. 알몸으로 거울 앞에 서기를 좋아한다. 그리고 그 부드러운 윤곽이며 균형 잡힌 생명감을 바라보는 걸 좋아한다. 거기에 무언가 내게 대단히 소중한 것이 포함되었다고 느낀다. 무언지 몰라도, 나는 그것을 잃고 싶지 않다.

나는 서른 살이다. 서른이 되면 아는 일이지만, 서른이 됐다고 해서 세계가 끝나는 건 아니다. 나이 먹는 것이 그다지 유쾌한 일은 아닐 테지만, 그래도 편해지는 일도 몇 개쯤 있다. 사고방식의 문제다. 하지만 확실한 것이 하나 있다. 만일 서른이 된 여자가 자기 몸을 사랑하고, 그 몸의 라인을 바람직하게 유지하길 진심으로 원한다면, 나름대로 노력은 해야한다 ― 라는 사실이다. 나는 그걸 어머니에게서 배웠다. 내 어머니는 과거에는 날씬하고 아름다웠다. 하지만 안타깝게도 지금은 그렇지 않다. 나는 어머니처럼 되고 싶지는 않다고 생각한다.

수영한 뒤, 남은 오후 시간을 어떻게 쓸지는 그날그날 다르다. 역 앞에 가서 어슬렁거리며 윈도쇼핑을 할 때도 있다.

혹은 집에 돌아가 소파에 앉아 책을 읽고, FM 방송을 듣고, 그대로 깜빡 졸 때도 있다. 이윽고 아이가 학교에서 돌아온다. 나는 아이의 옷을 갈아입히고 간식을 준다. 아이는 간식을 다 먹으면 밖에 나간다. 친구들과 놀러 가는 것이다. 아직 2학년이라서 학원도 보내지 않고 딱히 과외도 시키지 않는다. 놀게 놔둬, 라고 남편은 말한다. 놀다 보면 자연히 크는 거라고. 밖에 나갈 때, 조심해서 다녀와, 라고 나는 말한다. 걱정 마, 라고 아이는 대답한다. 남편과 똑같다.

해가 질 무렵 나는 저녁 준비를 시작한다. 아이는 6시까지는 돌아온다. 그리고 텔레비전 만화를 본다. 진료 연장이 없으면 남편은 7시 전에는 돌아온다. 남편은 술을 입에도 대지 않고, 필요 이상 타인과 어울리는 걸 좋아하지 않는다. 일이 끝나면 대개 집으로 곧장 돌아온다.

밥 먹으면서 우리는 셋이서 이야기한다. 각자 어떻게 하루를 보냈는지 들려준다. 하지만 뭐니 뭐니 해도 말을 제일 많이 하는 건 아들이다. 당연하지만, 주위에서 일어나는 일 하나하나가 아이에게는 신선하고 수수께끼로 가득하다. 아들이 얘기하고, 남편과 내가 그에 대해 감상을 말한다. 식사가 끝나면 아들은 혼자 하고 싶은 일을 하며 논다. 텔레비전을 보거나 책을 읽거나 한다. 혹은 남편과 무언가 게임 같은 걸 한다. 숙제가 있을 때는 방에 틀어박혀 숙제를 해치운다. 그리고 8시 반에는 침대에 들어가 자버린다. 나는 아들의 이불을 잘 덮어주고 머리를 쓰다듬은 다음 "잘 자"라고 말하고 불을 끈다.

그 뒤는 부부 두 사람의 시간이다. 남편은 소파에 앉아 석간신문을 읽으면서 나와 조금 대화를 나눈다. 환자 얘기, 신문기사 얘기. 그리고 하이든인지 모차르트인지를 듣는다. 나도 음악을 듣는 것은 싫지 않다. 하지만 아무리 시간이 흘러도 하이든과 모차르트의 차이를 모르겠다. 내 귀에는 그게 그것처럼 들린다. 내가 그렇게 말하면, 차이 같은 건 몰라도 된다고 남편은 말한다. 아름다운 건 아름답다, 그거면 됐잖아, 라고.

"당신이 핸섬한 것처럼 말이지." 내가 말한다.

"맞아, 내가 핸섬한 것처럼." 남편이 말한다. 그리고 싱긋 웃는다. 무척 흡족한 양.

그것이 내 생활이다. 요컨대 내가 잠을 못 자게 되기 전의 생활이다. 대충 말하자면 매일 대체로 같은 일이 되풀이됐다. 나는 간단한 일기 같은 걸 쓰고 있었는데, 이삼 일 깜박하고 넘어가면 어느 날이 어느 날인지 구별되지 않았다. 어제와 그제가 뒤바뀌어도 신기할 게 없다. 때로 무슨 인생이 이럴까 싶다. 그래서 허무하냐 하면 그렇지도 않다. 나는 그저 놀랄 뿐이다. 어제와 그제도 구별되지 않는다는 사실에. 그런 인생 속에 내가 들어와 삼켜져버렸다는 사실에. 내가 낸 발자국이, 확인할 겨를도 없이 순식간에 바람에 쓸려 지워지고 말았다는 사실에. 그런 때 나는 세면대 거울 앞에서 내 얼굴을 바라본다. 십오 분쯤 지그시 들여다본다. 머릿속을 텅 비우고, 아무 생각도 하지 않고. 내 얼굴을 순수한 물체로서 가만히 바라본다. 그러면 얼굴이 차츰 나 자신에게서 분리되어간다. 그저 순수하게 동시 존재하는 **사물**로서. 그리고 나는 이것이 현재, 라고 인식한다. 발자국 같은 건 관계없다. 나는 지금 이렇게 현실과 동시 존재한다, 그것이 가장 중요하다.

하지만 지금 나는 잠들지 못한다. 잠을 못 자게 된 후로 일기 쓰기도 그만두고 말았다.

2

처음 잠을 못 자게 됐던 밤을 선명히 기억한다. 그때 나는
나쁜 꿈을 꾸고 있었다. 매우 어둡고 미끄덩거리는 꿈이었
다. 내용까지는 기억나지 않는다. 기억하는 것은 그 불길한
감촉뿐이다. 그리고 그 꿈의 정점에서 나는 잠에서 깼다. 그
이상 꿈속에 잠겨 있으면 더는 돌이키지 못하리란 위태로운
시점에, 무언가에 다시 붙들려오듯 흠칫 눈이 떠졌다. 잠에
서 깨고 한동안 헉헉 숨을 몰아쉬었다. 팔다리가 저려서 잘
움직이지 않았다. 가만히 있으니 마치 공동 속에 누워 있는
것처럼 내 숨결만 유난히 크게 들렸다.

꿈이었구나, 나는 생각했다. 그리고 반듯이 누운 채 숨이
차분해지기를 기다렸다. 심장이 격렬히 움직이고, 혈액을 신
속히 보내기 위해 폐가 풀무처럼 느리고 커다랗게 수축하고
있었다. 하지만 그 진폭은 시간이 지나면서 차차 감소해 수
습되어갔다. 대체 몇 시일까, 나는 생각했다. 베갯머리의 시
계를 보고 싶었지만 고개를 잘 돌릴 수 없었다. 그때 문득 발
밑에서 무언가를 본 듯했다. 어슴푸레한 검은 그림자 같은
것이었다. 나는 숨을 삼켰다. 심장도 폐도, 몸속의 모든 것이

일순 얼어붙은 듯 정지했다. 나는 그 그림자 쪽을 뚫어지게 바라보았다.

내가 뚫어지게 바라보자 그림자는 기다렸다는 듯 급격히 또렷한 형태를 띠어갔다. 윤곽이 명확해지고, 그 안에 실체가 주입되고, 세부가 떠올랐다. 그것은 딱 붙는 검은 옷을 입은 깡마른 노인이었다. 짧은 회색 머리에, 뺨이 홀쭉했다. 그 노인이 내 발밑에 가만히 서 있다. 노인은 아무 말 하지 않고 날카로운 눈으로 나를 응시하고 있었다. 매우 큰 눈으로, 흰 자위에 떠오른 붉은 실핏줄까지 확실히 보였다. 하지만 그 얼굴에는 표정이라는 것이 없었다. 아무것도 말해주지 않는다. 텅 빈 구덩이다.

이건 꿈이 아니야, 나는 생각했다. 꿈은 이미 깼다.

그것도 막연하게 깬 것이 아니라 튕겨져 나오듯 깼다. 그러니까 꿈이 아니다. **이건 현실이다**. 나는 움직이려고 했다. 남편을 깨우거나, 아니면 불을 켜거나. 하지만 아무리 힘을 써도 움직일 수 없었다. 정말로 손가락 하나 까딱할 수 없었다. 움직일 수 없다는 것이 분명해지자 덜컥 무서워졌다. 그것은 근원적인, 마치 바닥없는 기억의 우물에서 소리도 없이 올라오는 냉기 같은 공포였다. 그 냉기는 내 존재의 뿌리까지 번져나갔다. 나는 비명을 지르려고도 생각했다. 하지만 소리도 낼 수 없었다. 혀마저 마음대로 되지 않는다. 내가 할 수 있는 것은 노인을 그저 가만히 바라보는 일뿐이었다.

노인은 손에 무언가를 들고 있었다. 가늘고 길쭉하고 둥그스름하게 생긴 물건이었다. 하얗게 빛나고도 있었다. 나는 그것을 찬찬히 보았다. 찬찬히 보고 있으니 그 **무언가**도 확실한 모습을 갖추기 시작했다. 주전자였다. 내 발밑의 노인은 주전자를 들고 있다. 옛날 도기 주전자였다. 이윽고 그는 그것을 위로 쳐들어 내 발에 물을 붓기 시작했다. 하지만 나는 그 물의 감촉도 느낄 수 없었다. 물이 내 발에 부어지는 것이 보인다. 소리도 들린다. 하지만 내 발은 아무것도 느끼지 못한다.

노인은 하염없이 내 발에 물을 부었다. 신기하게도 아무리 부어도 주전자의 물은 바닥나지 않았다. 저러다 발이 썩어 문드러지는 게 아닐까 하는 생각이 들기 시작했다. 이렇게 마냥 물을 내리붓고 있으니 썩어버려도 이상할 게 없다. 자신의 발이 썩어 문드러진다고 생각하자 더는 참을 수 없어졌다.

나는 눈을 감고, 그 이상은 지를 수 없을 만큼 커다란 비명을 질렀다.

하지만 비명은 밖으로 나오지 않았다. 내 혀는 공기를 진
동시키지 못했다. 비명은 내 몸속에서 소리도 없이 계속 울
렸을 뿐이다. 무음의 비명이 몸속을 뛰어다니고, 심장은 고
동을 멈추었다. 머릿속이 일순 새하얘졌다. 세포 구석구석까
지, 비명이 배어들었다. 내 안에서 무언가가 죽고 무언가가
녹고 말았다. 폭발의 섬광처럼, 그 진공의 떨림은 내 존재와
관련된 많은 것을 송두리째 부조리하게 태우고 말았다.

눈을 떴을 때 노인의 모습은 없었다. 주전자도 없었다. 나
는 내 발을 보았다. 침대에 물을 끼얹은 흔적은 없었다. 베드
스프레드는 마른 채였다. 대신 몸은 땀으로 흥건히 젖어 있
었다. 어마어마한 양의 땀이었다. 한 인간이 이 정도로 많은
땀을 흘릴 수 있다니 믿기지 않았다. 하지만 내가 흘린 땀이
었다.

손가락을 하나씩 움직이고 팔을 구부려보았다. 그리고 다
리를 움직여보았다. 발목을 돌리고 무릎을 구부려보았다. 썩
원활하진 않을지언정 저마다 그럭저럭 움직였다. 한 차례 신
중히 몸이 전부 움직이는 것을 확인한 후 몸을 살며시 일으
켰다. 바깥 가로등 불빛에 어슴푸레 밝혀진 방을 주의 깊게

둘러보았다. 방 안 어디에도 노인의 모습은 없었다.

베갯머리의 시계는 12시 반을 가리켰다. 침대에 들어간 것이 11시 전이었으니 한 시간 반쯤밖에 자지 않았다. 옆 침대에서 남편은 곤히 자고 있었다. 남편은 마치 의식을 잃은 것처럼 숨소리도 내지 않고 깊이 잠들어 있었다. 그는 한번 잠들면 여간해서는 깨지 않는다.

나는 침대를 나와 욕실로 가서, 땀에 젖은 옷을 벗어 세탁기 속에 던지고, 샤워를 했다. 그런 뒤 몸을 닦고 서랍에서 새 잠옷을 꺼내 입었다. 그리고 거실 플로어 스탠드를 켜고 소파에 앉아 브랜디를 한 잔 마셨다. 내가 술을 마시는 일은 거의 없다. 남편처럼 체질적으로 아예 못 마시는 건 아니고 예전엔 꽤 마시기도 했지만, 결혼한 뒤로 뚝 입에 대지 않게 되었다. 잠이 오지 않을 때 이따금 브랜디를 한 모금 마시는 정도다. 하지만 그날 밤은 흥분한 신경을 진정시키기 위해 아무래도 한 잔 마시고 싶었다.

수납장 속에 레미 마르탱이 한 병 있다. 그것이 집에 있는 유일한 알코올이었다. 누군가에게 선물받은 것이다. 워낙 오래전이라 누구에게 받았는지도 잊었다. 병에 얇게 먼지가 앉아 있었다. 브랜디 잔 같은 것은 물론 없으므로, 그냥 유리잔에 따라 한 모금씩 천천히 마셨다.

몸은 아직 조금씩 떨렸지만 공포는 차츰 엷어졌다.

아마 가위눌림일 거라고 나는 생각했다. 나는 처음 겪지만, 가위눌린 적 있다는 대학 시절 친구에게 예전에 얘기는 들어봤다. 어찌나 생생하고 또렷한지 도저히 꿈 같지 않아, 라고 그녀는 말했다. "그때도 꿈이라고는 생각 안 됐고, 지금도 마찬가지야"라고. 확실히 꿈 같지 않다고 나도 생각한다. 하지만 어쨌거나 꿈이었다. 꿈 같지 않은 종류의 꿈.

그러나 공포가 엷어져도 몸의 떨림은 좀처럼 사라지지 않았다. 지진 뒤에 수면이 떨리듯 살갗이 짧은 간격으로 부들부들 떨렸다. 그 작은 떨림이 눈에 뚜렷이 보였다. 비명 탓이라고 나는 생각했다. 소리가 되지 않았던 그 비명이 몸속에 자욱이 들어차 내 몸을 아직 떨리게 하는 것이다.

눈을 감고 브랜디를 또 한 모금 마셨다. 따뜻한 액체가 식도를 거쳐 위장으로 천천히 내려가는 것이 느껴졌다. 매우 리얼한 감촉이었다.

그 뒤 아이가 갑자기 걱정되었다. 아이를 생각하자 가슴이 다시 두근거렸다. 소파에서 일어나 잰걸음으로 아이 방으로 갔다. 아이도 역시 곤히 자고 있었다. 한손이 입가에 얹혀 있고, 다른 손이 옆으로 삐져나와 있었다. 아이는 남편과 마찬가지로 한눈에도 무방비 상태로 잠들어 있었다. 나는 아이의 흐트러진 이불을 바로잡아주었다. 내 잠을 난폭하게 무너뜨린 것이 대체 무엇이었는지 알 수 없지만, 어쨌거나 그것은 나 하나만 덮친 듯했다. 남편도 아이도 아무렇지 않다.

거실로 돌아와 방 안을 무작정 왔다갔다 했다. 전혀 졸리지 않았다.

브랜디를 한 잔 더 마셔볼까도 생각했다. 사실 술을 더 마시고 싶었다. 몸을 더 덥히고 신경을 더 진정시키고 싶었다. 그리고 그 쨍하고 강렬한 향을 다시 한 번 입속에 느끼고 싶었다. 하지만 조금 고민한 뒤 역시 마시지 않기로 했다. 내일까지 취기를 남기고 싶지 않았다. 나는 브랜디를 수납장에 넣고 잔을 싱크대로 가져가 씻었다. 그리고 부엌 냉장고에서 딸기를 꺼내 먹었다.

정신이 들고 보니 피부의 떨림은 거의 멎어 있었다.

대체 그 검은 옷을 입은 노인은 무엇이었을까. 전혀 본 적 없는 노인이다. 그 검은 옷도 기묘했다. 딱 붙는 스웨트슈트 같지만, 언뜻 보기에도 고풍스러운 옷이다. 그런 옷을 본 것은 처음이다. 그리고 그 눈. 깜박임 한 번 없고 붉게 충혈된

눈. 누구일까? 그리고 왜 또 내 발에 물 같은 걸 부었을까? 어째서 그런 일을 해야 했을까?

도무지 영문을 알 수 없었다. 마음에 짚이는 일은 아무것도 없었다.

친구가 가위눌렸던 건 약혼자 집에 묵으러 갔을 때였다. 그녀가 자고 있는데 언짢은 얼굴을 한 오십 줄의 남자가 나타나서, 이 집에서 나가, 라고 말했다. 그녀는 그사이 옴짝달싹도 할 수 없었다. 그리고 역시 땀으로 흥건히 젖고 말았다. 그 사람은 세상을 떠난 약혼자 아버지의 유령이 분명해. 그 아버지가 나더러 나가라는 거야, 그녀는 그때 생각했다. 하지만 다음 날 약혼자에게 아버지 사진을 보여 달라고 했더니, 전날 밤 남자와 전혀 다른 얼굴이었다. 아마 내가 몹시 긴장했던가봐, 라고 그녀는 말했다. 그래서 가위눌렸던 거라고.

하지만 나는 긴장 같은 건 하지 않았다. 게다가 여긴 내 집이다. 나를 위협할 만한 건 아무것도 없을 테다. 어째서 내가 지금 여기서 가위눌려야 하는 걸까?

나는 고개를 저었다. 그만 생각하자. 생각해봤자 헛일이다. 그저 리얼한 꿈이었다. 아마 모르는 사이 몸에 피로가 쌓였던 것이다. 분명 이틀 전 테니스 탓이다. 수영한 뒤 스포츠센터에서 만난 친구가 하자는 대로 너무 오래 했다. 그 뒤 한동안 팔다리가 나른했다.

딸기를 다 먹어버린 뒤 소파에 드러누웠다. 그리고 시험 삼아 눈을 감아보았다.

전혀 졸리지 않는다.

이런이런, 나는 생각했다. 정말 전혀 졸리지 않는다.

졸릴 때까지 책이라도 읽어보자고 생각했다. 침실로 가서 책꽂이에서 소설을 한 권 골랐다. 불을 켜고 찾았는데도 남편은 미동도 하지 않았다. 내가 고른 책은 《안나 카레니나》였다. 아무튼 긴 러시아 소설을 읽고 싶었다. 《안나 카레니나》는 한참 옛날에 한 번 읽었다. 아마 고등학생 때였다. 줄거리는 거의 기억나지 않는다. 첫 문장, 그리고 마지막에 주인공이 기차에 몸을 던져 자살하는 대목만 기억한다. '행복한 가정은 모두 엇비슷하지만 불행한 가정은 저마다 사정이 다르다', 그렇게 시작한다. 아마도 그랬지 싶다. 분명 앞부분에 히로인이 자살하는 클라이맥스를 암시하는 장면이 있었던 것 같다. 그리고 경마장 장면이 있었던가? 아니면 그건 다른 소설이었나?

어쨌거나 소파로 돌아가 책을 펼쳤다. 이렇게 느긋하게 자리 잡고 책을 읽는 게 대체 몇 년 만일까. 물론 오후 자투리 시간에 삼십 분에서 한 시간 책을 펼치는 일은 있다. 하지만 그것은 정확히 독서라고는 부를 수 없다. 책을 읽다가도 금세 딴생각을 하고 만다. 아이 일이라든가, 사야 할 물건이라든가, 혹은 냉동고 상태가 썩 좋지 않다든가, 친척 결혼식에 뭘 입고 가야 할까라든가, 아니면 한 달 전 아버지가 위 수술을 받은 일이라든가, 그런 것이 문득 머릿속에 떠올라 차츰 사방으로 뻗으며 부풀어간다. 그리고 정신을 차려 보면 시간만 흘렀고 페이지는 거의 제자리에 머물러 있고는 했다.

나는 그렇게 해서 책을 읽지 않는 생활에 어느새 길들고 말았다. 새삼 생각해보면 매우 신기한 일이었다. 어렸을 때부터 줄곧 책 읽기는 내 생활의 중심이었기 때문이다. 초등학생 때부터 도서관의 책을 부지런히 읽어치웠고, 용돈은 대부분 책값으로 사라졌다. 밥값을 아껴 읽고 싶은 책을 사 읽었다. 중학교 때도 고등학교 때도, 나만큼 책을 읽는 인간은 없었다. 나는 오남매 중 한가운데였고, 맞벌이했던 부모님은 바쁜 사람들이었기에 가족 중 누구도 나에게는 신경도 쓰지 않았다. 그래서 혼자 마음껏 책을 읽을 수 있었다. 독서 감상문 대회가 있으면 반드시 응모했다. 부상으로 주는 도서상품

권이 욕심나서였는데, 대개는 입상했다. 대학은 영문과에 진학했다. 거기서도 좋은 성적을 거두었다. 캐서린 맨스필드에 대해 쓴 졸업논문은 최고점을 받았다. 교수는 대학원에 진학하지 않겠느냐고 물었다. 하지만 당시 나는 사회에 나가고 싶었다. 나는 학구적인 인간이 아니었고, 스스로도 그걸 잘 알았다. 그저 책 읽는 것이 좋았을 뿐이다. 게다가 설령 공부를 계속하고 싶었다고 한들 나를 대학원에 보낼 경제적 여유는 우리 집에 없었다. 가난하다고 할 정도는 아니었지만, 내 밑에 아직 여동생이 둘이나 있었다. 그런 연유로 대학을 졸업하자 집을 나와 자립해서 살아가야 했다. 말 그대로 내 두 손으로 살아남지 않으면 안 되었다.

내가 마지막으로 책 한 권을 제대로 읽은 건 언제였을까? 그리고 그때 나는 대체 무엇을 읽었을까? 아무리 생각해도 책 제목조차 기억나지 않았다. 인생이란 왜 이토록 확 모습을 바꾸고 마는 걸까, 나는 생각했다. 무언가에 쓴 것처럼 책을 읽었던 과거의 나는 대체 어디로 가버린 걸까? 그 세월과, 기이할 만큼 격렬한 열정은 내게 대체 무엇이었을까?

하지만 그날 밤 나는 《안나 카레니나》에 의식을 집중할 수 있었다. 나는 아무것도 생각하지 않고 몰두해서 책장을 넘겼다. 안나 카레니나와 브론스키가 모스크바 기차역에서 마주치는 데까지 단숨에 읽은 뒤, 책에 가름끈을 끼우고 브랜디 병을 다시 꺼냈다. 그리고 잔에 따라 마셨다.

예전에 읽었을 때는 전혀 깨닫지 못했는데, 그러고 보면 얼마나 기묘한 소설인가. 소설의 히로인 안나 카레니나가 116페이지까지 실로 한 번도 등장하지 않는다. 그 시대 독자에게 그런 건 특별히 부자연스러운 일이 아니었을까? 나는 잠시 생각해보았다. 오블론스키 같은 따분한 인물의 생활을 묘사하는 대목이 장장 이어져도 그들은 꾹 참고 아름다운 히로인의 등장을 얌전히 기다렸던 걸까? 그럴지도 모른다. 아마 당시 사람들에게는 한가한 시간이 듬뿍 있었을 테다. 적어도 소설을 읽는 계층이라면.

문득 정신이 들고 보니 시곗바늘이 3시를 가리키고 있었다. 벌써 3시? 하지만 나는 전혀 졸리지 않았다.

자, 어떻게 할까, 나는 생각했다.

전혀 졸리지 않는다. 이대로 얼마든지 책을 읽을 수 있다. 뒷 내용을 무척 읽고 싶다. 그래도 자지 않으면 안 된다.

예전, 불면에 시달렸던 시기를 불현듯 떠올렸다. 하루 종일 흐릿한 구름에 감싸인 것처럼 살았던 때를. 그런 건 더는 싫다. 그때는 나도 아직 학생이었다. 그래서 그나마 버틸 수 있었다. 하지만 지금은 다르다. 나는 아내이고 어머니다. 내게는 책임이라는 것이 있다. 남편 점심도 차려줘야 하고 아이도 돌봐야 한다.

그러나 이대로 침대에 들어간들 아마 한숨도 못 잘 것이다. 그건 알고 있었다. 나는 고개를 저었다. 별수 없다, 도무지 잠들 성싶지 않고 책의 다음 내용도 읽고 싶다. 나는 한숨을 쉬고 책상 위의 책을 쳐다보았다.

결국 날이 밝을 때까지 몰입해서 《안나 카레니나》를 읽었다. 안나와 브론스키는 무도회에서 서로를 응시하고, 그리하여 운명적인 사랑에 빠졌다. 안나는 경마장(역시 경마장은 나왔다)에서 브론스키의 낙마를 보고 이성을 잃고, 남편에게 자신의 부정不貞을 고백한다. 나는 브론스키와 더불어 말을 타고 장애물을 뛰어넘고 사람들의 환성을 들었다. 그리고 나는 관객석에서 브론스키의 낙마를 목격했다. 창밖이 환해지자 책을 내려놓고, 부엌에서 커피를 만들어 마셨다. 머릿속에 남아 있는 소설 장면과 갑자기 찾아온 심한 공복감 탓에 아무 생각도 할 수 없었다. 내 의식과 육체는 어디선가 어긋난 채 고정되고 만 것 같았다. 나는 빵을 잘라, 버터와 머스

터드를 발라 치즈 샌드위치를 만들었다. 그리고 싱크대 앞에 선 채로 먹었다. 그렇게 맹렬하게 배가 고픈 것은 내게는 무척 드문 일이었다. 실로 숨이 찰 만큼 폭력적인 공복감이었다. 샌드위치를 다 먹고도 여전히 배가 고파서, 하나 더 만들어 먹었다. 그리고 커피를 한 잔 더 마셨다.

3

가위눌린 것도, 아침까지 한숨도 못 잔 것도, 남편에게 말하지 않았다. 딱히 감추려던 건 아니다. 굳이 말할 필요도 없다고 생각했을 뿐이다. 말해서 어떻게 되는 것도 아니고, 거기다 생각해보면 하룻밤 못 자는 것쯤 대수로운 문제는 아니다. 누구에게나 이따금 그런 일도 있다.

나는 평소처럼 남편에게 커피를 내주고, 아이에게 뜨거운 우유를 마시게 했다. 남편은 토스트를 먹고, 아이는 콘플레이크를 먹었다. 남편은 신문을 대충 훑어보고, 아이는 새로 익힌 노래를 작은 소리로 불렀다. 그 뒤 두 사람은 블루버드를 타고 나갔다. 조심해서 다녀와, 라고 나는 말했다. 걱정

마, 라고 남편은 말했다. 두 사람은 내게 손을 흔들었다. 여느 때와 다름없었다.

두 사람이 나가버린 뒤 소파에 앉아 자, 지금부터 어떻게 할까 생각했다. 무얼 해야 하지? 꼭 해야 할 일이 뭐지? 부엌으로 가서 냉장고를 열어 내용물을 점검했다. 그리고 오늘 하루는 장을 보지 않아도 특별히 지장은 없음을 확인했다. 빵도 있다. 우유도 있다. 달걀도 있다. 고기도 냉동해두었다. 채소도 있다. 내일 점심까지 필요한 식재료는 일단 갖춰져 있다.

은행에 갈 일이 있었지만 반드시 오늘 중에 처리해야 하는 용건은 아니었다. 내일로 미뤄도 지장 없다.

나는 소파에 앉아 《안나 카레니나》를 마저 읽기 시작했다. 다시 읽으며 새삼 알게 된 사실인데, 나는 《안나 카레니나》의 내용을 거의 전혀라고 해도 좋을 정도로 기억하지 못했다. 등장인물도, 장면도, 대부분 기억에 없었다. 완전히 다른 책을 읽는 듯한 기분마저 들었다. 신기하네, 나는 생각했다. 읽었을 때는 제법 감동했을 텐데 결국 아무것도 머릿속에 남아 있지 않다. 거기 있었을 감정의 떨림이며 흥분의 기억은 어느새 전부 술술 떨어져 말끔하게 지워지고 말았다.

그렇다면 그 시절, 내가 책을 읽으면서 소비했던 막대한 시간은 대체 무엇이었을까?

책 읽기를 멈추고 잠시 생각해보았다. 하지만 잘 알 수 없었고, 그사이 내가 무엇을 생각하고 있었는지도 알 수 없어졌다. 문득 정신이 들고 보니 그저 멍하니 창밖의 나무를 바라보고 있었다. 나는 고개를 젓고, 읽다 만 곳을 다시 읽기 시작했다.

상권 중간을 넘긴 언저리에 초콜릿 부스러기가 끼어 있었다. 초콜릿은 파삭하게 마른 채 책장에 달라붙어 있었다. 분명 나는 고등학생 때 초콜릿을 먹으면서 이 소설을 읽었던 거라고 생각했다. 나는 무언가를 먹으면서 책 읽는 걸 무척 좋아했다. 그러고 보니 결혼한 후로 초콜릿도 전혀 입에 대지 않게 되었다. 단 과자를 먹는 걸 남편이 싫어하는 탓이다. 아이에게도 거의 주지 않는다. 그래서 집에 과자류는 일절 놔두지 않는다.

그 십 년도 더 된 하얗게 변색한 초콜릿 부스러기를 보고 있으니 초콜릿 생각이 간절해졌다. 나는 옛날처럼 초콜릿을 먹으면서 《안나 카레니나》를 읽고 싶었다. 온몸의 세포라는 세포가 초콜릿을 원하며 숨죽이고 수축한 듯 느껴지기까지

했다.

카디건을 걸치고, 엘리베이터를 타고 아래로 내려갔다. 그리고 가까운 과자 가게에 가서 몹시 달콤해 보이는 밀크초콜릿을 두 개 샀다. 그리고 가게를 나오자마자 포장을 뜯어, 걸으면서 먹었다. 밀크초콜릿 향이 입속에 퍼졌다. 그 지극히 직접적인 단맛이 몸 구석구석까지 빨려들어가는 게 확연히 느껴졌다. 엘리베이터 안에서 두 조각째를 입에 넣었다. 엘리베이터 안에도 초콜릿 향이 떠다녔다.

소파에 앉아 초콜릿을 먹으면서 《안나 카레니나》를 다시 읽었다. 조금도 졸리지 않았다. 피로도 느끼지 않았다. 나는 언제까지고 언제까지고 책을 계속 읽을 수 있었다. 초콜릿 하나를 전부 먹어버리자, 두 개째 포장지를 뜯어 절반만 먹었다. 상권 삼분의 이쯤까지 읽고서 시계를 봤다. 11시 40분이었다.

11시 40분?

조금 있으면 남편이 돌아온다. 나는 놀라서 책을 덮고 부엌으로 갔다. 그리고 냄비에 물을 받고 가스불을 켰다. 파를 잘게 썰고 국수 삶을 준비를 했다. 물이 끓는 사이 미역을 불려 초절임을 만들었다. 냉장고에서 두부를 꺼내 냉두부를 만

들었다. 그런 다음 세면대로 가서 이를 닦아 초콜릿 냄새를
지웠다.

물이 끓는 것과 거의 동시에 남편이 돌아왔다. 생각보다
일이 일찍 끝났어, 라고 남편은 말했다.

우리는 둘이 국수를 먹었다. 남편은 국수를 먹으면서 새로
도입할까 생각중인 의료기기에 대해 이야기했다. 지금껏 써
온 기계보다 치석을 훨씬 깨끗하게 제거할 수 있다고 했다.
시간도 단축할 수 있다. 가격은 뭐 늘 그렇듯이 꽤 고액이지
만 본전은 뽑을 거야, 라고 남편은 말했다. 최근에는 치석 제
거만 목적으로 오는 사람도 많으니까. 당신 생각은 어때, 남
편이 내게 물었다. 나는 치석 같은 건 생각하기 싫었다. 밥
먹으면서 그런 이야기를 듣고 싶지 않고, 깊이 생각하고 싶
지도 않다. 나는 장애물 경주에 대해 이것저것 생각중이었
다. 치석 따위 떠올리기도 싫다. 하지만 그럴 수도 없는 노릇
이다. 남편은 진지하다. 나는 그 기계의 가격을 물은 뒤, 잠
시 생각하는 시늉을 했다. 필요하면 사면 되잖아, 라고 나는
말했다. 돈 문제는 어떻게든 되겠지. 노는 데 쓰는 돈도 아
닌데.

그렇지, 남편이 말했다. 노는 데 쓰는 돈도 아니지, 하고

내 말을 되풀이했다. 그 뒤에는 잠자코 국수를 먹었다.

창밖 나뭇가지에 커다란 새 한 쌍이 앉아 지저귀고 있었다. 나는 무심코 그것을 보고 있었다. 졸리지 않았다. 전혀 졸리지 않았다. 어째서일까?

식기를 치우는 사이 남편은 소파에 앉아 신문을 읽었다. 옆에 《안나 카레니나》가 놓여 있었지만 그는 특별히 주의를 기울이지 않았다. 내가 책을 읽거나 말거나, 남편은 흥미가 없다.

내가 설거지를 끝내자, 오늘은 좋은 얘기가 있어, 라고 남편은 말했다. 뭐일 것 같아?

몰라, 내가 말했다.

오후 첫 환자가 예약을 취소했어. 그래서 나 1시 반까지 한가해. 그렇게 말하고 남편은 싱긋 웃었다.

나는 좀 생각해봤지만 어째서 그게 좋은 얘기인지 짐작할 수 없었다. 어째서일까?

섹스를 하자는 암시임을 알아차린 것은 그가 일어나서 나를 침대로 이끌었을 때였다. 하지만 나는 도무지 그럴 기분이 되지 않았다. 왜 그래야 하는지 전혀 이해할 수 없었다. 나는 빨리 책으로 돌아가고 싶었다. 소파에 혼자 드러누워,

초콜릿을 먹으면서 《안나 카레니나》의 책장을 넘기고 싶었다. 그릇을 씻는 내내 나는 브론스키라는 인간을 생각했다. 톨스토이라는 사람은 어쩜 이리 능숙하게 등장인물 모두를 자기 손아귀에 넣어버릴까 생각했다. 톨스토이는 묘사가 매우 훌륭하고 정확하다. 하지만 그렇기에 거기서는 어떤 구원의 가능성이 손상되는 것이다. 그리고 그 구원이란 요컨대…….

나는 눈을 살짝 감고 손가락으로 관자놀이를 눌렀다. 그리고 실은 오늘 아침부터 두통이 좀 있다고 말했다. 미안, 진짜 미안하지만, 하고. 나는 가끔 심한 두통에 시달릴 때가 있었으므로 남편은 순순히 받아들였다. 무리하지 말고 누워서 좀 쉬는 게 좋아, 그가 말했다. 그 정도로 심하진 않아, 내가 말했다. 그는 1시 넘어서까지 소파에 앉아 음악을 들으면서 천천히 신문을 읽었다. 그리고 재차 의료기기 이야기를 꺼냈다. 값비싼 최신 기계를 들여도 이삼 년이면 고물이 되니까 자꾸 새로 교체할 수밖에 없어, 제조 회사만 배를 불리는 셈이지, 하는 이야기였다. 나는 때로 맞장구를 쳤지만 거의 아무것도 듣고 있지 않았다.

남편이 오후 진료를 하러 가버리자, 나는 신문을 접고 소파 쿠션을 두드려 원래대로 모양을 잡았다. 그리고 창틀에 기대어 방 안을 둘러보았다. 영문을 알 수 없었다. 어째서 잠이 오지 않을까? 옛날에 몇 번 밤샘한 일은 있다. 하지만 이렇게 오랫동안 깨어 있었던 적은 한 번도 없다. 평소라면 한참 전에 잠들어버렸을 테고, 만일 잠들지 않았다 해도 못 견디게 잠이 쏟아졌을 테다. 하지만 전혀 졸리지 않았고, 머릿속이 매우 개운했다.

부엌으로 가서 커피를 데워 마셨다. 그리고 지금부터 어떻게 할까 생각했다. 물론《안나 카레니나》를 계속 읽고 싶었다. 그러나 동시에 평소처럼 수영장에 가서 헤엄치고 싶기도 했다. 한참 망설인 끝에 역시 수영하러 가기로 했다. 잘 설명할 수 없지만, 몸을 마음껏 움직임으로써 몸속에서 무언가를 몰아내버리고 싶었다. 몰아낸다. 하지만 대체 무엇을 몰아내는 걸까? 나는 조금 생각해보았다. 무엇을 몰아내지?

모르겠다.

그러나 그 무언가는 내 몸속에서 어떤 가능성처럼 어렴풋이 떠다니고 있었다. 그것에 이름을 붙여주고 싶었지만 머릿속에 아무 말도 떠오르지 않았다. 나는 말을 찾아내는 것이 서투르다. 아마도 톨스토이라면 딱 맞는 말을 찾아낼 테지만.

어쨌거나 여느 때처럼 가방에 수영복을 챙겨, 시티를 몰고 스포츠센터에 갔다. 수영장에는 안면이 있는 사람은 아무도 없었다. 젊은 남자 한 명과 중년 여자 한 명이 헤엄치고 있을 뿐이었다. 감시원이 따분해하면서 수면을 지켜보고 있었다.

나는 수영복으로 갈아입고, 물안경을 끼고, 평소에 하던 대로 삼십 분 동안 수영했다. 하지만 삼십 분으로는 미흡했다. 그 뒤에도 십오 분 더 수영했다. 마지막에 자유형으로 전력을 다해 한 번 왕복했다. 숨이 찼지만 몸에 아직 힘이 흘러 넘치는 느낌이었다. 내가 물에서 나오자 주위 사람들이 나를 빤히 쳐다보았다.

3시가 되려면 여유가 좀 있어서 차로 은행에 들러 볼일을 마쳤다. 슈퍼마켓도 갈까 생각했지만, 그만두고 그대로 집으로 돌아갔다. 그리고《안나 카레니나》의 읽다 만 곳을 읽었다. 남은 초콜릿을 먹었다. 4시에 아들이 돌아오자, 주스를 마시게 하고 내가 만든 과일 젤리를 주었다. 그러고는 저녁을 준비했다. 우선 냉동실에서 고기를 꺼내 해동하고, 채소를 썰어 볶을 준비를 했다. 된장국을 끓이고 밥을 지었다. 나는 매우 빠르고 기계적으로 일을 끝냈다.

그리고 다시 《안나 카레니나》를 읽었다.

잠이 오지 않았다.

4

10시가 되자 남편과 함께 침대로 들어갔다. 그리고 같이
자는 시늉을 했다. 남편은 바로 잠들었다. 머리맡 전등을 끄
자 거의 한순간에 그는 곯아떨어지고 말았다. 전등 스위치와
그의 의식이 코드로 연결이라도 된 듯.

참 대단해, 나는 생각했다. 그런 사람은 흔치 않다. 잠을
못 자서 괴로워하는 쪽이 훨씬 많다. 내 아버지가 그랬다. 아
버지는 늘 깊은 잠을 못 잔다고 푸념했다. 쉽사리 잠들지 못
하는 데다 잠귀도 무척 밝아서 수시로 깬다.

하지만 남편은 그렇지 않다. 한번 잠들면 무슨 일이 있어
도 아침까지 일어나지 않는다. 결혼하고 얼마 되지 않았을
무렵, 그게 신기해서 이 사람은 대체 어떻게 하면 잠에서 깰
까 몇 번 실험해보았다. 스포이트로 얼굴에 물을 떨어뜨려보

거나 붓으로 콧등을 문질러보았다. 하지만 끄떡도 하지 않았다. 끈질기게 계속하면 마지막에 겨우 불쾌한 듯 소리를 낼 뿐이었다. 남편은 꿈조차 꾸지 않았다. 적어도 어떤 꿈을 꿨는지 전혀 기억하지 못했다. 물론 가위눌림 같은 걸 당한 적도 없다. 진흙에 파묻힌 거북이처럼 그저 쿨쿨 잘 뿐이다.

참 대단하다.

나는 십 분쯤 누워 있다가 살며시 침대를 나온다. 그리고 거실로 가서 플로어 스탠드를 켜고, 브랜디를 한 잔 따랐다. 그러고는 소파에 앉아 브랜디를 한 모금씩 핥듯이 마시면서 책을 읽었다. 마음이 동하면 수납장 깊숙이 넣어두었던 쿠키나 초콜릿을 꺼내 먹었다. 그러는 사이 아침이 왔다. 아침이 되면 책을 덮고 커피를 끓여 마셨다. 그리고 샌드위치를 만들어 먹었다.

매일, 같은 일이 되풀이됐다.

집안일을 재빨리 해치우고 오전 내내 책을 읽었다. 그리고 점심때가 되면 책을 내려놓고 남편을 위해 점심을 만들었다. 남편이 1시 전에 다시 나가버리면, 차를 몰고 수영장에 가서 수영했다. 잠을 못 자게 된 이후로는 매일 한 시간 꼭 채워 수영하게 되었다. 삼십 분 운동으로는 정말이지 부족했다. 수영하는 동안, 수영에만 의식을 집중했다. 다른 일은 아무것도 생각하지 않았다. 몸을 효율적으로 움직이는 것만 생각하고 규칙적으로 숨을 들이쉬고 내뱉었다. 지인을 만나도 거의 말을 나누지 않게 되었다. 간단히 인사만 할 뿐이었다. 권유를 받으면 죄송합니다, 볼일이 좀 있어서 바로 돌아가야 해서요, 라고 말했다. 나는 누구와도 관계하고 싶지 않았다. 내게는 누군가와 시시한 수다를 떨고 있을 틈은 없다. 수영을 할 만큼 해버리면 한시 빨리 집으로 돌아가 책을 읽고 싶었다.

나는 의무적으로 장보고, 요리하고, 청소하고, 아이를 상대했다. 의무적으로 남편과 섹스했다. 익숙해져버리면 결코 어려운 일은 아니었다. 오히려 간단했다. 머리와 육체의 연결만 끊으면 된다. 몸이 멋대로 움직이는 사이, 머리는 나 자신의 공간을 떠다녔다. 나는 아무 생각도 하지 않고 집안일을 해치웠다. 아이에게 간식을 주고 남편과 잡담을 했다.

잠을 못 자게 된 후로 든 생각인데, 현실이란 얼마나 손쉬운가. 현실을 처리해가기란 실로 간단하다. 고작해야 현실일 뿐이다. 그래봤자 집안일이고, 그래봤자 가정이다. 단순한 기계를 작동시키는 것과 마찬가지로, 운용 순서를 일단 머릿속에 넣어버리면 다음부터는 그 반복이다. 이쪽 버튼을 누르고 저쪽 레버를 당긴다. 눈금을 조절하고 뚜껑을 닫고 타이머를 맞춘다. 그저 되풀이다.

물론 때로 변화는 있었다. 시어머니가 찾아와 같이 저녁을 먹었다. 일요일에 아이와 셋이서 동물원에 갔다. 아이가 심한 설사를 했다.

하지만 그런 일은 어느 것도 내 존재를 뒤흔들지는 못했다. 소리 없는 바람처럼 내 주위를 지나갔을 뿐이다. 나는 시어머니와 잡담을 하고, 4인분 식사를 만들고, 곰 우리 앞에서 사진을 찍고, 아이의 배를 덥혀주고 약을 먹였다.

아무도 내 변화를 알아차리지 못했다. 내가 전혀 잠을 못자는 것도, 장장 책을 읽고 있는 것도, 내 머리가 현실에서 몇백 년, 몇 만 킬로미터 떨어진 장소에 있다는 것도, 아무도 몰랐다. 내가 아무리 의무적이고 기계적으로, 어떤 애정도 감정도 담지 않고 현실의 일을 처리해간들, 남편과 아들과 시어머니는 평소와 다름없이 나를 대했다. 어쩌면 평소보다 느긋하게 나를 대하는 것처럼 보이기까지 했다.

그렇게 일주일이 흘렀다.

나의 끊임없는 각성이 이 주째에 접어들었을 때, 나는 어쩔 수 없이 불안해졌다. 어떻게 생각해도 이상異常 사태다. 사람은 마땅히 잠을 자고, 잠을 자지 않는 사람은 없다. 잠을 재우지 않는 고문에 대해 예전에 어디선가 읽은 적 있었다. 나치스가 저지른 고문이다. 사람을 좁은 방에 가두고 잠을 못 자게 눈에 빛을 계속 비추거나, 커다란 소음을 끊임없이 들려주거나 한다. 그러면 사람은 미쳐서 결국 죽고 만다.

미칠 때까지 시간이 얼마나 걸리는지는 기억해낼 수 없었다. 사흘이나 나흘, 그 정도 아니었을까? 내 경우는 잠을 못 자게 된 지 벌써 일주일이 지났다. 아무려면 너무 오래됐다. 그럼에도 몸은 전혀 쇠약해지지 않았다. 오히려 여느 때 없이 기운찰 정도다.

어느 날 샤워한 뒤 알몸으로 전신 거울 앞에 서 보았다. 그리고 내 몸이 터질 듯한 생명력으로 가득함을 발견하고 몹시 놀랐다. 목부터 복사뼈까지 전신을 빈틈없이 체크해봤지만 불필요한 군살 한 조각, 주름 한 줄 찾아볼 수 없었다. 물론 소녀 시절의 몸과는 달랐다. 하지만 피부는 옛날에 비하면 훨씬 윤택하고 팽팽했다. 시험 삼아 뱃살을 손끝으로 집어보았다. 딱딱하고, 탄탄하고, 완벽한 탄력을 유지하고 있었다.

심지어 내 모습이 몰라보게 아름다워졌음을 나는 알아차

렸다. 무척 젊어 보였다. 스물네 살이라고 해도 곧이들을 것 같았다. 살결도 매끈하고 눈이 초롱초롱했다. 입술은 촉촉하고 광대뼈 그늘(나 자신은 거기가 제일 싫었다)도 전혀 눈에 띄지 않았다. 나는 거울 앞에 앉아 삼십 분쯤 내 얼굴을 찬찬히 들여다보았다. 여러 각도에서, 객관적으로 뜯어보았다. 착각이 아니다. 정말로 아름다워졌다.

대체 내게 무슨 일이 일어나고 있는 걸까?

의사를 찾아갈까도 생각해보았다. 어렸을 때부터 신세를 진 친한 의사가 있다. 하지만 그가 내 이야기를 듣고 어떤 반응을 보일지 생각해보면 차츰 마음이 무거워졌다. 애당초 내 말을 곧이들어줄까? 일주일이나 뜬눈으로 지새웠다고 하면 우선 내 머릿속을 의심할 것이다. 혹은 그저 불면증에 대한 신경증으로 정리해버릴지도 모른다. 아니면 내 이야기를 고스란히 신용하고, 나를 어딘가 큰 병원으로 보내 검사받게 할지도 모른다.

그래서 어떻게 될까?

나는 거기 갇혀 이리저리 끌려다니며 갖가지 실험을 받을 것이다. 뇌파에, 심전도에, 소변 검사에, 혈액 검사와 심리 테스트, 이것저것.

내가 그걸 참아낼 성싶지 않았다. 나는 혼자 조용히 책을 읽고 싶었다. 매일 한 시간 꽉 채워 수영하고 싶었다. 그리고 무엇보다 자유를 원했다. 그게 내가 원하는 것이었다. 병원 같은 데 들어가고 싶지 않다. 게다가 병원에 입원했다 한들 그들이 대체 무얼 알까? 산더미처럼 검사하고 산더미처럼 가설을 세울 뿐이다. 나는 그런 곳에 갇히고 싶지 않았다.

어느 날 오후, 나는 도서관에 가서 잠에 대한 책을 읽어보았다. 잠을 다룬 책은 그리 많지 않았고 내용도 대수로울 게 없었다. 결국 그들이 주장하고 싶은 것은 단 하나였다. 잠이란 휴식이다 — 그뿐이다. 말하자면 자동차 엔진을 끄는 것과 같다. 엔진을 쉼 없이 가동하면 빠르건 늦건 고장 나게 마련이다. 엔진의 운동은 필연적으로 열을 발생시키고, 축적된 열은 기계 자체를 피폐시킨다. 그러므로 방열을 위해 엔진을 쉬게 해야 한다. 쿨 다운cool-down하는 것이다. 엔진을 끈다 — 그게 요컨대 수면이다. 인간의 경우 그것은 육체의 휴식인 동시에 정신의 휴식이기도 하다. 사람은 몸을 누여 근육을 쉬게 함과 동시에 눈을 감고 사고思考를 중단시킨다. 그러고도 남은 사고는 꿈이라는 형태로 자연 방전시킨다.

어떤 책에서 흥미로운 이야기를 읽었다. 인간은 사고도 육

체의 행동도 일정한 개인적 경향에서 벗어날 수 없다고 지은
이는 말했다. 사람은 알게 모르게 스스로의 행동·사고의 경
향을 만들어내는 존재이고, 한번 만들어진 경향은 어지간해
서는 다시 지워지지 않는다. 말하자면 사람은 그 경향의 우
리에 갇혀 살아가는 셈이다. 그리고 잠이야말로 그 경향의
쏠림을 — 신발 굽이 한쪽만 닳는 것과 비슷하다고 저자는
말했다 — 중화한다. 요컨대 잠이 그 쏠림을 조정하고 치유
한다. 사람은 잠 속에서 치우쳐 사용됐던 근육을 자연스럽게
풀고, 치우쳐 사용됐던 사고 회로를 진정시키고 또 방전한
다. 그렇게 해서 쿨 다운된다. 그것은 사람이라는 시스템에
숙명처럼 프로그램된 행위로, 누구도 거기서 벗어날 수 없
다. 만일 벗어난다면 존재 자체가 존재 기반을 잃고 만다, 라
고 저자는 말했다.

　경향? 나는 생각했다.

　경향이라는 말에서 내가 떠올릴 수 있는 건 집안일이었
다. 내가 무감동하게 기계적으로 계속하는 온갖 집안일. 요
리, 장보기, 세탁, 육아, 그것이야말로 경향 외의 아무것도 아
니었다. 나는 눈 감고도 그 정도는 해낼 수 있었다. 그래봤자
경향일 뿐이다. 버튼을 누르고 레버를 당긴다. 그러면 현실

이라는 것은 술술 앞으로 흘러간다. 몸을 움직이는 한결같은 방식 — 그저 경향이다. 그렇게 나는 신발 굽이 한쪽만 닳듯 경향적으로 소비되고, 그걸 조정하고 쿨 다운하기 위해 나날의 잠이 필요한 것이다.

그런 걸까?

나는 문장을 한 번 더 주의 깊게 읽어보았다. 그리고 고개를 끄덕였다. 그렇다, 아마 그런 뜻일 테다.

그럼, 내 인생은 대체 무엇일까? 나는 경향적으로 소비되고, 그걸 치유하기 위해 잠을 잔다. 내 인생은 그 반복일 따름 아닌가? 어디로도 움직이지 않는 게 아닌가?

나는 도서관 책상 앞에서 고개를 저었다.

잠 같은 건 필요 없다고 생각했다. 설령 미친다 해도, 잠을 못 잠으로써 생명의 '존재 기반'을 잃는다 해도, 그래도 좋다고 생각했다. 상관없다. 나는 어쨌거나 경향적으로 소비되고 싶지 않다. 그리고 그 경향적 소비를 치유하기 위해 잠이 정기적으로 찾아오는 거라면, 그런 건 필요 없다. 내게는 필요 없다. 만일 내 육체가 경향적으로 소비될 수밖에 없다 해도 내 정신은 나 자신의 것이다. 나는 그것을 나를 위해 우수리 없이 떼어두겠다. 누구에게도 건네주지 않겠다. 치유 같은 건 원하지 않는다. 나는 잠자지 않겠다.

그렇게 결심하고 도서관을 나왔다.

5

그렇게 해서 나는 잠 못 자는 걸 두려워하지 않게 되었다. 두려워할 게 아무것도 없다. 더 긍정적으로 생각하면 될 일이다. 요컨대 **나는 인생을 확대하고 있다**, 고 생각했다. 밤 10시부터 아침 6시까지는 나 자신을 위한 시간이었다. 하루의 삼분의 일에 해당하는 그 시간은 지금까지 잠이라는 작업에 — '쿨 다운하기 위한 치유 행위'라고 그들은 부른다 — 소비되었다. 하지만 그것이 지금은 나 자신의 것이 되었다. 누구의 것도 아니다. 내 것이다. 나는 그 시간을 내 마음대로 쓸 수 있다. 누구에게도 방해받지 않고, 누구의 어떤 요구도 받지 않고. 그렇다, 그야말로 확대된 인생이다. 나는 인생을 삼분의 일씩 확대하고 있다.

생물학적으로 봐서 정상은 아니라고 당신은 말할지도 모른다. 하긴 그럴지도 모른다. 그리고 나는 정상이 아닌 일을 계속함으로써 지는 빚을 훗날 갚아야 할지도 모른다. 인생은 확대된 몫을 — 말하자면 나는 그만큼 당겨서 쓴 셈이다 — 나중에 돌려받으려 할지도 모른다. 근거 없는 가설이지만, 부정할 근거도 없을뿐더러 일단 논리적이라고 나는 느낀다. 요컨대 마지막에 시간의 대차잔고를 맞춘다는 말이다.

하지만 솔직히 그런 건 이미 아무래도 좋았다. 만일 무슨 이유로든 내가 일찍 죽어야 한다 해도 전혀 상관없었다. 가설은 가설 나름의 길을 마음껏 걷게 두면 된다. 적어도 지금, 나는 내 인생을 확대하고 있다. 이건 훌륭한 일이었다. 손맛이 전해진다. 내가 여기 살아있다는 실감이 있다. 나는 소비되지 않는다. 적어도 소비되지 않는 부분의 내가 여기 존재한다. 그렇기에 나는 살아있음을 실감할 수 있다. 살아있다는 실감이 없는 인생이 장장 계속된들 무슨 의미가 있을까. 지금은 확실히 그렇게 생각한다.

남편이 잠든 것을 확인하면 나는 거실 소파에 앉아 혼자 브랜디를 마시고 책을 펼쳤다. 첫 일주일 동안《안나 카레니나》를 내리 세 번 읽었다. 다시 읽으면 읽을수록 새로운 사실이 눈에 들어왔다. 그 장대한 소설에는 갖가지 발견과 갖가지 수수께끼가 가득했다. 세공된 상자처럼 세계 속에 작은 세계가 있고, 작은 세계 속에 더 작은 세계가 있었다. 그리고 그 세계가 복합적으로 하나의 우주를 형성했다. 우주는 줄곧 그곳에서 독자에게 발견되기를 기다려왔다. 과거에 나는 그 우주의 아주 작은 한 조각밖에 이해할 수 없었다. 하지만 지금은 그것을 확실히 들여다보고 이해할 수 있었다. 톨스토이라는 작가가 무슨 말을 하고 싶었는지, 무엇을 독자가 읽어주기 바랐는지, 그 메시지가 어떻게 유기적으로 소설로서 결정結晶됐는지, 그리고 그 소설의 무엇이 결과적으로 작자 자신을 능가했는지. 나는 환히 들여다볼 수 있었다.

아무리 의식을 집중해도 피로하지 않았다. 《안나 카레니나》를 읽을 수 있을 때까지 읽어버리자, 도스토옙스키를 읽었다. 책을 얼마든지 읽을 수 있었다. 아무리 의식을 집중해도 지치지 않았다. 어떤 난해한 대목도 쉽사리 이해할 수 있었다. 그리고 깊이 감동하기도 했다.

이것이 본래의 바람직한 내 모습, 이라고 나는 생각했다. 잠을 버림으로써 나는 나 자신을 확대했다. 중요한 건 집중력이다. 집중력 없는 인생이라니, 눈만 뜨고 있었지 아무것도 못 보는 것과 똑같다.

이윽고 브랜디가 바닥났다. 브랜디 거의 한 병을 마셔버린 것이다. 백화점에 가서 같은 레미 마르탱을 한 병 샀다. 그 김에 레드와인도 한 병 샀다. 그리고 고급 크리스털 브랜디 잔도 샀다. 초콜릿과 쿠키도 샀다.

이따금 책을 읽다가 감정이 몹시 고조될 때가 있었다. 그런 때는 잠시 멈추고 방 안에서 몸을 움직였다. 유연체조를 하거나 혹은 그저 방 안을 왔다갔다 했다. 마음 내키면 한밤중에 산책을 나가기도 했다. 나는 옷을 갈아입고, 주차장의 시티를 몰고 나가 근처를 정처 없이 달렸다. 이십사 시간 영업하는 프랜차이즈 레스토랑에 들어가 커피를 마실 때도 있었지만, 사람 상대하기가 성가셔서 대개는 줄곧 차 안에 있었다. 위험해 보이지 않는 곳에 차를 세우고 멍하니 생각에 잠길 때도 있었다. 항구까지 가서 한동안 배를 바라보기도 했다.

딱 한 번 경찰의 불심검문을 받았다. 새벽 2시 반, 나는 부두 근처 가로등 밑에 차를 대고 배의 불빛을 바라보면서 라디오 음악방송을 듣고 있었다. 경찰관은 콩콩 하고 차창을 두드렸다. 나는 창문을 내렸다. 젊은 경찰관이었다. 핸섬하고 말투도 정중했다. 잠을 못 잔다고 나는 경찰관에게 설명했다. 면허증을 보여달라기에 보여주었다. 경찰관은 잠시 그것을 들여다보았다. 지난달 여기서 살인 사건이 있었다고 경찰관은 말했다. 데이트하던 남녀가 젊은이 세 명에게 습격당해 남자가 살해되고 여자는 강간당했다. 그 사건은 나도 들은 기억이 있었다. 내가 고개를 끄덕였다. 그러니까 부인, 만일 용건이 없으시면 한밤중에 이 주변은 그다지 배회하지 않는 게 좋습니다, 시간이 시간이니까요, 그는 말했다. 고마워요, 그만 갈게요, 내가 말했다. 그는 면허증을 돌려주었다. 나는 차를 출발시켰다.

하지만 누군가가 말을 걸어오거나 한 것은 그때 한 번뿐이었다. 나는 누구에게도 방해받지 않고 밤거리를 한 시간이나 두 시간 헤맸다. 그 뒤 맨션 주차장에 차를 넣었다. 어둠 속에서 조용히 잠들어 있는 남편의 흰색 블루버드 옆에. 그리고 달각달각 소리를 내며 식어가는 엔진 소리에 귀기울였다. 소리가 잠잠해지면 차에서 내려 집으로 올라갔다.

집에 돌아오면 우선 침실로 가서 남편이 잘 자고 있는지 확인했다. 남편은 늘 틀림없이 잠들어 있었다. 그다음에는 아이 방으로 갔다. 아이도 마찬가지로 곤히 잠들어 있었다. 그들은 아무것도 모른다. 그들은 세계가 아무 변화도 없이 지금까지와 똑같이 움직인다고 완전히 믿고 있다. 하지만 그렇지 않다. 세계는 그들이 모르는 곳에서 착착 변화하고 있다. 돌이킬 수 없을 정도로.

어느 밤, 잠자는 남편 얼굴을 찬찬히 뜯어본 일이 있었다. 침실에서 쾅 소리가 들려서 놀라서 가보니 자명종이 바닥에 떨어져 있었다. 아마도 남편이 잠결에 팔을 움직이거나 해서 떨어졌으리라. 그런데도 남편은 세상모르고 자고 있었다. 이런이런, 대체 무슨 일이 있어야 이 사람은 잠을 깰까? 나는 시계를 집어 들어 베갯머리에 놓았다. 그리고 팔짱을 끼고, 남편 얼굴을 내려다보았다. 잠든 남편의 얼굴을 지그시 들여다보기는 아주 오랜만이었다. 몇 년 만일까?

신혼 때는 자주 잠자는 얼굴을 들여다보았다. 보고만 있어도 마음이 놓이고 평화로운 기분이었다. 이 사람이 이렇게 평온히 잠들어 있는 한 나는 무사히 보호받는다고 생각했다. 그래서 예전에는 남편이 잠들면 곧잘 얼굴을 들여다보곤 했다.

하지만 언제부턴가 그만두고 말았다. 언제부터였을까? 나는 가늠해보았다. 아마도 아이 이름 짓는 일로 나와 시어머니가 언쟁 비슷한 걸 했던 때부터지 싶다. 시어머니는 종교 비슷한 것에 빠져 있었는데, 거기서 이름을 '받아' 온 것이다.

어떤 이름이었는지는 잊었지만, 어쨌든 나는 그런 걸 '받을' 생각은 없었다. 그래서 시어머니와 꽤 격한 언쟁을 벌였다. 하지만 남편은 그에 대해 아무 말도 하지 못했다. 그저 옆에서 우리를 달랬을 뿐이다.

나는 그때 남편에게 보호받는다는 실감을 잃고 말았다. 그렇다, 남편은 나를 지켜주지는 않았다. 그래서 나는 무척 화가 났다. 물론 지난 얘기고, 나와 시어머니는 화해했다. 아들 이름은 내가 스스로 지었다. 남편과도 곧바로 화해했다.

하지만 그 무렵부터 어쩐지 남편의 잠자는 얼굴을 들여다보지 않게 됐지 싶다.

나는 거기 선 채 그의 얼굴을 내려다보았다. 남편은 평소처럼 곤히 자고 있었다. 이불 옆으로 맨발이 기묘한 각도로 빠져나와 있었다. 마치 누군가 타인의 발 같은 각도다. 크고 울퉁불퉁한 발이었다. 커다란 입이 반쯤 벌어지고, 아랫입술이 늘어지고, 때로 생각났다는 듯 코 옆이 씰룩 움직였다. 눈 밑의 사마귀가 유난히 크고 청결치 못해 보였다. 눈 감은 모습도 어딘지 품위 없다. 눈꺼풀이 처져서 칙칙한 살가죽으로 뒤덮인 것처럼 보였다. 꼭 얼간이처럼 자고 있네, 나는 생각했다. 이것저것 따질 겨를도 없이 자고 있다. 잠자는 얼굴이

어쩜 이리 밉상일까. 아무리 그래도 너무 심하다. 옛날엔 이렇지 않았을 텐데. 신혼 무렵에는 훨씬 팽팽한 얼굴이었다. 똑같이 곤히 잔다 해도 이런 칠칠치 못한 얼굴은 아니었을 테다.

남편이 예전에 어떤 얼굴로 잤는지 떠올려보려 했다. 하지만 아무리 애써도 떠올릴 수 없었다. 다만 이런 형편없는 얼굴은 아니었으리란 것밖에는. 어쩌면 내 착각인지도 모른다. 그때도 지금과 똑같았는지도 모른다. 그저 내가 무언가 감정 이입을 했을 뿐인지도 모른다. 내 어머니라면 아마 그렇게 말할 것이다. 어머니가 늘 자신 있게 펼치는 이론이다. 애, 결혼하면 반했다 뭐다 하는 것도 기껏 이삼 년이야, 라고 입버릇처럼 말한다. 잠자는 얼굴이 귀엽다니, 눈에 콩깍지가 씌었을 뿐이라고. 어머니라면 그렇게 말하리라.

하지만 나는 그게 아니란 걸 알았다. 남편은 분명히 추해졌다. 얼굴에서 야문 맛이 사라졌다. 나이 든다는 건 아마 그런 것이다. 남편은 나이 들었고, 그리고 지쳐 있다. 닳고 해졌다. 앞으로 틀림없이 더 추해질 것이다. 그리고 나는 그걸 견디지 않으면 안 된다.

나는 한숨을 쉬었다. 무척 커다란 한숨이었지만 물론 남편은 미동도 하지 않았다. 한숨 정도로는 깨지 않는다.

침실을 나와 거실로 돌아왔다. 그리고 또 브랜디를 마시고 책을 읽었다. 하지만 무언가가 신경쓰였다. 책을 내려놓고 아이 방으로 갔다. 문을 열고, 복도 불빛에 비친 아들 얼굴을 가만히 내려다보았다. 아들도 남편과 마찬가지로 곤히 자고 있었다. 평소와 다름없다. 나는 잠자는 아들의 얼굴을 한동안 바라보았다. 아이의 얼굴은 무척 매끈했다. 당연하지만, 남편과는 사뭇 다르다. 아직 어린애다. 피부에 윤기가 있고, 청결치 못한 곳도 없다.

그러나 무언가가 내 신경을 건드렸다. 아들에 대해 그런 식으로 느끼기는 처음이었다. 대체 아들의 무엇이 신경을 건드릴까. 나는 그 자리에 선 채 또 팔짱을 꼈다. 물론 나는 아들을 사랑한다. 매우 사랑한다. 하지만 지금, 무언가가 확실히 나를 짜증나게 한다.

나는 고개를 저었다.

잠시 눈을 감았다. 그러고는 눈을 뜨고 다시 아들의 얼굴을 내려다보았다. 이윽고 무엇이 나를 짜증나게 하는지 알았다. 잠자는 얼굴이 제 아버지를 꼭 닮았다. 그리고 그 얼굴은 또 시어머니 얼굴을 꼭 닮았다. 혈통적 완고함, 자기 충족

성 — 나는 남편 가족에게서 보이는 그러한 어떤 오만함이 싫었다. 분명히 남편은 내게 잘해준다. 자상하고 속도 깊다. 바람 한 번 안 피우고, 열심히 일한다. 성실하고 누구에게나 친절하다. 내 친구들은 모두 다시없는 사람이라고 입 모아 말한다. 흠 잡을 데 없다고 나도 생각한다. 하지만 그 흠 잡을 데 없음이 때로 나를 짜증나게 한다. 그 '흠 잡을 데 없음' 속에는 무언가 상상력의 개재를 허용하지 않는 묘하게 경직된 구석이 있었다. 그게 마음에 안 든다.

그리고 지금, 아들이 그와 똑같은 표정을 떠올리고 잠들어 있다.

나는 또 고개를 저었다. 얘도 결국 남이야, 나는 생각했다. 이 아이가 성장한들 내 마음 같은 건 절대 이해하지 못하리라. 남편이 지금 내 마음을 거의 이해하지 못하는 것처럼.

내가 아들을 사랑하는 것은 틀림없다. 하지만 장차 이 아이를 나는 썩 진정으로 사랑하지 못하게 되리란 예감이 들었다. 엄마답지 않은 생각이다. 세상 엄마들은 그런 상상조차 하지 않을 터다. 하지만 나는 안다. 언젠가 불현듯 이 아이를 경멸하리란 걸. 나는 그렇게 생각했다. 잠자는 아이 얼굴을 보고 있으니 그런 생각이 들었다.

그렇게 생각하니 슬펐다. 아이 방 문을 닫고 복도 불을 껐다. 그리고 거실 소파에 앉아 책을 펼쳤다. 몇 쪽 읽고 책을 덮었다. 시계를 보았다. 3시 조금 전이었다.

잠을 못 자게 된 지 오늘로 며칠째일까. 처음 잠을 못 잔 것이 지지난 주 화요일. 그러니까 오늘로 딱 십칠 일째다. 이로써 십칠 일 동안, 한숨도 못 잤다. 열일곱 번의 낮과 열일곱 번의 밤. 매우 긴 시간이다. 지금은 잠이라는 것이 어떤 것이었는지도 잘 기억나지 않는다.

눈을 감아보았다. 그리고 잠의 감각을 불러일으키려 해보았다. 하지만 그곳에는 각성한 어둠이 존재할 뿐이었다. 각성한 어둠 ─ 그것은 내게 죽음을 상기시켰다.

나는 죽는 걸까.

만일 이대로 죽는다면 내 인생은 대체 무엇이었을까, 나는 생각했다.

하지만 내 인생이 대체 무엇이었는지 물론 나는 알 수 없었다.

그럼, 죽음이란 대체 무엇일까.

나는 그때까지 잠을 죽음의 어떤 원형으로 파악하고 있었다. 말하자면 죽음이 잠의 연장선상에 있다고 상정했었다. 죽음이란 요컨대 보통 잠보다 훨씬 깊게 의식이 없는 잠 ― 영원한 휴식, 블랙아웃이다. 그렇게 생각해왔다.

하지만 어쩌면 그게 아닐지도 모른다고 불현듯 생각했다. 죽음이란 잠 같은 것과는 전혀 다른 종류의 상황 아닐까 ― 그것은 어쩌면 내가 지금 보고 있는 끝없이 깊이 각성한 어둠인지도 모른다. 죽음이란 그런 암흑 속에서 영원히 깨어 있는 일인지도 모른다.

그렇다면 너무 심하잖아, 나는 생각한다. 만일 죽음이라는 상황이 휴식이 아니라면, 이 피폐로 가득한 불완전한 우리 삶에 대체 어떤 구원이 있단 말인가? 그러나 결국 죽음이 무엇인지는 아무도 알지 못한다. 누가 죽음을 실제로 보았나? 누구도 보지 못했다. 죽음을 본 자는 죽고 말았다. 살아있는 자는 누구도 죽음을 모른다. 그저 추측할 뿐이다. 어떤 추측이건 그저 추측일 따름이다. 죽음이 휴식이어야 하다니, 그런 건 그럴싸한 논리조차 아니다. 죽어보지 않으면 모를 일이다. **죽음은 어떤 것이라도 될 수 있다.**

그렇게 생각하자 돌연 거센 공포에 휩싸였다. 등골이 서늘해지고 딱딱하게 굳어버리는 느낌이 들었다. 나는 아직 눈을 가만히 감고 있었다. 눈을 뜰 수 없어지고 말았다. 나는 눈앞을 가로막는 두꺼운 어둠을 꼼짝 않고 바라보았다. 어둠은 우주 자체처럼 깊고, 구원이 없었다. 나는 외톨이였다. 내 의식은 집중하고 확대해 있었다. 마음먹으면 그 우주의 깊디깊은 곳까지 들여다볼 수 있을 것 같았다. 하지만 나는 보지 않기로 했다. 아직 너무 일렀다.

만일 죽음이 이런 것이었다면 나는 대체 어떻게 하면 좋을까. 죽음이란 것이 영원히 각성한 채 이렇게 꼼짝 않고 어둠을 바라보는 것이라면?

나는 가까스로 눈을 뜨고, 잔에 남아 있던 브랜디를 단번에 들이켰다.

6

잠옷을 벗고, 블루진과 티셔츠를 입고 요트파카를 걸친다. 머리를 뒤에서 하나로 묶어 요트파카 안에 집어넣고, 남편의 야구모자를 쓴다. 거울을 보니 사내아이 같았다. 됐어. 그리고 운동화를 신고 지하 주차장으로 내려간다.

시티에 올라타 키를 돌려 엔진을 잠시 움직여본다. 그리고 그 소리에 귀기울인다. 평소와 다름없는 엔진 소리다. 핸들에 양손을 올리고 심호흡을 몇 번 한다. 이윽고 기어를 L에 넣고 맨션을 빠져나간다. 차가 여느 때 없이 가볍게 달리는 느낌이다. 마치 얼음 위를 미끄러지는 듯하다. 나는 주의 깊게 기어를 바꾸고, 동네를 벗어나, 요코하마로 향하는 간선도로로 나간다.

이미 3시가 지났는데 도로를 달리는 차는 결코 적지 않다. 대형 장거리 운송 트럭이 노면을 진동시키며 서쪽에서 동쪽으로 흘러갔다. 그들은 잠자지 않는다. 운송 효율을 높이기 위해 낮에 자고 밤에 일한다.

나라면 낮밤으로 일할 수 있는데, 나는 생각한다. 나는 잘 필요가 없으니까.

생물학적으로 보면 분명히 부자연스러운 일인지 모른다. 하지만 대체 누가 자연에 대해 알고 있을까? 무엇이 생물학적으로 자연스러운지는 결국 경험적 추론에 지나지 않는다. 그리고 나는 그런 추론을 넘어선 지점에 있다. 이를테면 나를 인류의 비약적 진화의 선험적 샘플로 생각해보면 어떨까? 잠자지 않는 여자. 의식의 확대.

나는 피식 웃고 만다.

진화의 선험적 샘플.

라디오 음악방송을 들으면서 항구까지 차를 달린다. 클래식 음악을 듣고 싶었지만, 한밤중에 클래식을 틀어주는 방송국은 발견하지 못했다. 어느 주파수에 맞춰도 재미없는 일본어 록 뮤직이 흘러나올 뿐이다. 공허하고 끈적끈적한 러브 송. 별수 없이 귀기울인다. 그러자 내가 몹시 먼 장소에 와버린 듯한 기분이 든다. 나는 모차르트에서도 하이든에서도 멀리 있다.

흰색 선으로 구획된 넓은 공원 주차장에 차를 세우고 엔진을 끈다. 주위가 뚫린, 가로등 밑 가장 밝은 자리를 선택한다. 주차장에 서 있는 차는 한 대뿐이다. 젊은 사람들이 선호할 법한 자동차다. 흰색 투 도어 쿠페. 연식은 오래됐다. 아마도 연인들이리라. 호텔에 갈 돈이 없어서 차 안에서 끌어안고 있는지도 모른다. 나는 성가신 일을 피하기 위해 모자를 깊게 눌러써서 여자란 게 드러나지 않게 한다. 도어가 잠겼는지 다시 한 번 확인한다.

멍하니 주위 풍경을 바라보고 있으니 대학 1학년 때 남자친구와 둘이 드라이브를 가서, 차에서 페팅했던 게 문득 떠오른다. 그는 도중에 아무래도 참을 수 없어져서, 삽입하게 해달라고 말했다. 하지만 나는 안 된다고 말했다. 핸들 위에 양손을 올리고 음악을 들으면서 그때를 떠올려본다. 하지만 상대 남자애의 얼굴이 잘 기억나지 않는다. 전부 터무니없이 먼 옛일 같은 기분이 든다.

잠을 못 자게 되기 이전의 기억이 가속도가 붙어 속속 멀어져가는 듯 느껴진다. 무척 신기한 느낌이다. 매일 밤이 오면 잠들었던 무렵의 내가 진짜 내가 아니고, 당시의 기억은 진짜 내 기억이 아닌 것 같다. 사람은 이렇게 변화하는구나, 나는 생각한다. 그러나 아무도 그 변화를 모른다. 누구도 알아차리지 못한다. 나밖에 모른다. 설명해도 그들은 모를 것이다. 믿으려 하지 않을 것이다. 만일 믿는다 해도 내가 무엇을 느끼는지 절대로 정확히는 알지 못한다. 그들은 나를, 자신들의 추론 세계를 위협하는 존재로밖에 이해할 수 없으리라.

하지만 나는 **실제로** 변화하고 있다.

얼마나 그곳에 꼼짝 않고 있었는지 모르겠다. 나는 핸들에 양손을 올린 채 가만히 눈을 감고 있었다. 그리고 잠 없는 어둠을 바라보고 있었다.

그때 인기척을 느끼고 문득 정신이 들었다. 사람이 있다. 나는 눈을 뜨고 주위를 본다. 자동차 밖에 누가 있다. 그리고 문을 열려 한다. 하지만 물론 문은 잠겨 있다. 검은 그림자가 차 양쪽에 보인다. 오른쪽 문과 왼쪽 문에. 얼굴은 보이지 않는다. 옷차림도 알 수 없다. 그것은 검은 그림자가 되어 거기서 있었다.

두 그림자 사이에 끼어 내 시티는 몹시 작게 느껴진다. 마치 조그만 케이크 상자 같다. 차가 좌우로 흔들리는 것이 느껴진다. 오른쪽 창문을 주먹이 탕탕 때리고 있다. 하지만 경찰관이 아니란 걸 나는 안다. 경찰관은 그런 식으로 두드리지 않는다. 차를 흔들지도 않는다. 나는 숨을 삼켰다. 어떻게 해야 할지 생각한다. 머릿속이 지독히 혼란스럽다. 겨드랑이에 땀이 밴다. 차를 출발시켜야 해. 키, 키를 돌리는 거야. 손을 뻗어 키를 쥐고 오른쪽으로 돌린다. 스타터 모터 돌아가는 소리가 들린다.

하지만 엔진이 점화하지 않는다.

내 손가락은 바들바들 떨린다. 눈을 감고 다시 한 번 키를 천천히 돌려본다. 하지만 안 된다. 거대한 벽을 할퀴는 것 같은 파삭파삭 소리가 들릴 뿐이다. 헛돈다. 헛돈다. 그리고 남자들은 ― 그 그림자는 내 차를 계속 흔들어댄다. 흔들림이 갈수록 커진다. 아마도 그들은 이 차를 뒤집을 작정이다.

뭔가 잘못됐다고 나는 생각한다. 차분하게 생각하면 잘 될 거야. 생각을 해. 침착하게·천천히·생각하는 거야. 뭔가 잘못됐다.

뭔가 잘못됐다.

그러나 무엇이 잘못됐는지 나는 알 수 없다. 내 머릿속에는 농밀한 어둠이 가득 차 있다. 그것은 이미 나를 어디로도 데려가지 않는다. 손이 계속 후들거린다. 키를 빼서 다시 꽂아보려 한다. 손가락이 떨려서 키를 구멍에 꽂을 수 없다. 한 번 더 시도하려다 열쇠를 바닥에 떨어뜨린다. 주우려고 몸을 구부린다. 하지만 줍지 못한다. 차가 크게 요동치는 탓이다. 몸을 구부리려다 핸들에 이마를 세게 부딪치고 만다.

나는 체념하고 운전석 시트에 기대어 얼굴을 양손으로 감싼다. 그리고 울음을 터뜨린다. 나는 우는 것밖에 할 수 없다. 눈물이 끊임없이 흘러넘친다. 나는 혼자고, 이 작은 상자에 갇힌 채 어디로도 갈 수 없다. 지금은 밤의 가장 깊은 시각이고 남자들은 내 차를 계속 흔들어댄다. 그들은 내 차를 넘어뜨리려 한다.

각 단편이 처음 발표된 곳

- **TV피플(원제: TV피플의 역습)** 〈PAR AVION〉 (1989년 6월, 종간호)

- **비행기—혹은 그는 어떻게 시를 읽듯 혼잣말을 했나**

  〈유리이카〉 (1989년 6월, 임시 증간호)

- **우리 시대의 포크로어—고도자본주의 전사**前史

  〈SWITCH〉 (1989년 10월호)

- **가노 크레타** 《TV피플》 (1990년)

- **좀비** 《TV피플》 (1990년)

- **잠** 〈문학계〉 (1989년 11월호)

TV PIPURU

by Haruki Murakami

Copyright ⓒ 1990 Harukimurakami Archival Labyrinth
All rights reserved.
Originally published in Japan by Bungeishunju Ltd., Japan.
Korean translation rights arranged with Harukimurakami Archival Labyrinth, Japan
through THE SAKAI AGENCY and IMPRIMA KOREA AGENCY.
Korean translation copyright ⓒ 2024 Viche, an imprint of Gimm-Young Publishers, Inc.

옮긴이 **홍은주**

이화여자대학교 불어교육학과와 동 대학원 불어불문학과를 졸업했다. 일본에 거주하며 일본어와 프랑스어 번역가로 활동하고 있다. 옮긴 책으로 무라카미 하루키의 《개구리 군 도쿄를 구하다》《타일랜드》《도시와 그 불확실한 벽》《기사단장 죽이기》《양 사나이의 크리스마스》, 미야모토 테루의 《등대》, 이요하라 신의 《달까지 3킬로미터》, 미야베 미유키의 《안녕의 의식》, 마스다 미리의 《엄마라는 여자》, 델핀 드 비강의 《실화를 바탕으로》 등 다수가 있다.

TV피플

1판 1쇄 발행 2024년 7월 12일 **1판 2쇄 발행** 2024년 8월 16일

지은이 무라카미 하루키
옮긴이 홍은주

발행인 박강휘
편집 장선정 박규민 **디자인** 홍세연
마케팅 이헌영 박유진 **홍보** 반재서 박상연

발행처 김영사
주소 경기도 파주시 문발로 197(문발동) 우편번호10881
등록 1979년 5월 17일(제406-2003-036호)
주문 및 문의 전화 031)955-3200 **팩스** 031)955-3111
편집부 전화 02)3668-3295 **팩스** 02)745-4827
전자우편 literature@gimmyoung.com
비채 블로그 blog.naver.com/viche_books
인스타그램 @drviche @viche_editors **트위터** @vichebook
ISBN 978-89-349-2370-1 03830 책값은 뒤표지에 있습니다.

비채는 김영사의 문학 브랜드입니다.